［普及版］

Tuesdays with

Morrie

モリー先生との火曜日

ミッチ・アルボム　別宮貞徳 訳

NHK出版

普及版
モリー先生との火曜日

TUESDAYS WITH MORRIE
by Mitch Albom

Japanese translation rights arranged with Mitch Albom Inc.
c/o David Black Literary Agency, Inc., New York
through Tuttle-Mori Agency, Inc., Tokyo

装幀◎坂川栄治＋田中久子(坂川事務所)

本書を、
私の知るかぎりもっとも勇敢な人、
弟のピーターに捧げる

モリー先生との火曜日　目次

カリキュラム――恩師の生涯最後の授業は、週に一回先生の自宅で行われた。…9
講義概要――モリーは死を人生最後のプロジェクトに据えた。私に学べ。…12
学生――夢破れてからぼくは、仕事に夢中になった。…21
視聴覚教室――モリーは有名なインタヴュアーの番組に出演した。…25
オリエンテーション――モリーとの再会。ぼくは昔のような将来のある学生ではなかった。…32
教室――私は今でも君のコーチだよ。…37
出欠確認――モリーの過ごしている時間の質が、うらやましくなった。…46
最初の火曜日〈世界を語る〉…53

本書を書くにあたっては、はかりしれないご援助を頂戴した。シャーロット、ロブ、ジョナサン・シュワルツはじめモーリー・スタイン、チャーリー・ダーバー、ゴーディー・フェルマン、デイヴィッド・シュワルツ、ラビ・アル・アクセルロッドほかモリーの多くの友人、同僚の方々のご記憶、ご忍耐、ご指導のたまものと、心からお礼申し上げる。また、編集者のビル・トマスがこの計画を実に手際よく処理してくださったことにも、特別の感謝を捧げる次第である。そしていつものことながら、私が私を信じる以上に私のことを信じてくれるデイヴィッド・ブラックの厚情もうれしかった。

しかし、誰よりも、ありがとうございましたと言わなければならないのは、この最終論文をいっしょに仕上げてくれたモリーに対してである。こんな先生、持ったことありますか？

© Heather Pillar

モリー・シュワルツ(左)とミッチ・アルボム

カリキュラム

恩師の生涯最後の授業は、週に一回先生の自宅で行われた。書斎の窓際で、小さなハイビスカスがピンクの花を落としていた。毎週火曜日、朝食後に始まる。テーマは「人生の意味」。経験をもとに語られる講義だった。

単位はもらえないが、毎週口頭試問があった。先生の質問に答えなければならないし、こちらも質問を求められる。それにときどき肉体労働も必要。先生の頭を持ち上げて、枕の楽な位置に落ち着かせてあげるとか、眼鏡をきちんとかけてあげるとか。さよならのキスをすれば評点が上がった。

参考図書はいらないが、題目はさまざまで、愛、仕事、社会、家族、老い、許し、そして最後は死にまで及んでいた。最終講義は短くて、ほんのふたこと、みことで終わってしまった。

葬式が卒業式の代わり。

最終試験はなかったが、勉強したことを長い論文にして提出しなければならなかった。その論文がこれだ。

老教授の最後の授業に出た学生はたったのひとり。

それはぼくだった。

一九七九年の晩春、じっとりと暑い土曜の午後。何百人もの学生が、キャンパスの芝生に並んだ木の折りたたみ椅子にずらっと列をなして座っている。全員青いナイロンのローブを羽織っている。長いスピーチにじりじりしてきた頃、やっと式が終わって、一斉に帽子を空に放り上げる。これでめでたくマサチューセッツ州ウォルサムのブランダイス大学専門課程卒業。多くの学生にとっては子ども時代の終幕だった。

式のあと、大好きなモリー・シュワルツ教授をさがし出して両親に紹介する。小柄でちょこちょこ歩く先生は、強い風が吹けばたちまち雲の上まで持っていかれそう。卒業式用ローブをまとったその姿は、さながら聖書に出てくる預言者とクリスマスの妖精の間の子といったおもむきだ。青緑の目がきらきら輝き、薄くなりかけの銀髪が額に垂れている。大きな耳、三角の鼻、ふさふさしたグレーの眉。歯は曲がっていて、特に下の歯は、誰かにパンチをくらったみたいに後ろに引っこんでいるが、笑うと、世界始まって以来最初のジョークを聞いたような表情になる。

先生は両親に、ぼくが先生の授業に全部出ていた話をする。「すばらしい息子さんですね」照れくさくなって足もとに目をやるぼく。別れ際にプレゼントを手渡す。イニシャルを入れた赤革のブリーフケースで、前の日に買っておいたものだ。先生のことを忘れたくなかった。ぼくのことも先生に忘れてほしくなかったのかもしれない。

「ミッチ、こんなにしてくれて……」ブリーフケースをほれぼれと見つめながらそう言ったあと、先生はぼくを抱きしめる。背中に感じるその細い腕。ぼくのほうが背が高いから、こっちが年上のようできまりが悪い。まるでぼくが親で先生が子どもだ。

「ときどき連絡してくれるね」

「もちろんですとも」間髪を入れず答える。

離れた先生の目に涙が光っていた。

講義概要

死の宣告は一九九四年の夏にやってきた。かえりみてモリーは、それよりもずっと前に何かよからぬことが起ころうとしているのがわかってはいた。ダンスをやめた日だ。

この老教授は、ダンスなしでは夜も日も明けなかった。音楽は問わない。ロックンロールでも、ビッグバンドでも、ブルースでも、何でもござれ。目をつぶり、しあわせそのものの笑みを浮かべ、自分のリズムに合わせて体を動かし始める。必ずしも美しいとはいえない。しかし、そんなときはもうパートナーのことは眼中にない。モリーはひとりで踊っていた。

いつも水曜の夜にはハーヴァード・スクェアの教会に出かけた。お目当ては「ダンス・フリー」。ライトがチカチカ、スピーカーがボンボン鳴っている。ほとんどが学生のその人ごみの中へ、モリーは、白のTシャツ、黒のスウェットパンツ、首にタオルといういでたちで現れ、何でもかまわない、かかっている音楽に合わせて踊るのだ。ジミ・ヘンドリックスのロックにはジルバだった。体をねじりくねらせ、アンフェタミン（中枢神経刺激剤）をのんだ指揮者よろしく腕を振り回し、やがて汗が滴り落ちる。誰もこれがすぐれた社会学の博士で、何年も大学の教授を務め、りっぱな本を何冊か書いているとは知りもしない。おかしなじいさんだ、ぐらいにしか思っていない。

いつだったか、先生はタンゴのテープを持ちこんで、かけさせたことがある。そのときはホールをひとり占めにして、前後にサッサッと体を動かす踊りっぷりが、まるで恋の情熱ほとばしる男のおもむき。終わるとフロアじゅうの喝采を浴びたものだ。その晴れの瞬間が永遠につづいてもよかったのだが……。

やがて、そのダンスができなくなった。

六十を超えてから喘息《ぜんそく》になった。呼吸が苦しい。ある日、チャールズ・リヴァーのほとりを散歩しているときに、突然冷たい風が吹きつけて息ができなくなり、病院にかつぎこまれてアドレナリンを打たれた。
二、三年後には歩行障害が起きた。友人の誕生パーティーでわけもなく足がもつれる。あるときは劇場の階段を転げ落ち、周囲の人をあわてさせた。
「酸素吸入だ!」誰かが叫んでいた。

この頃はもう七十代。みな陰で「お年だから」と言いながら、立つときには手を貸していたが、モリーは自分の体のことは誰よりもわかっていて、何か具合の悪いところがあるという意識があった。ただの「お年」なんかじゃない。しょっちゅうくたびれる。よく眠れない。死ぬ夢も見る。

医者にかかることにした。とっかえひっかえ。血液検査に尿検査。下から内視鏡を突っこんで腸も調べる。何も見つからない。とうとうひとりの医者が、筋肉の生検をしましょうと、ふくらはぎから切片を取った。検査室からもどってきた報告は、神経に問題があるらしいとのことで、またまた検査の連続。そのうちの一つは、特別な椅子に座って、ピッピッと電気を流される――言ってみれば死刑用電気椅子のたぐい――それで神経の反応を調べるのだった。

「もう少しチェックする必要がありますね」と、結果を見たドクターたちは言う。

「どうして?」とモリー。「いったい何なんですか?」

「まだはっきりしません。どうもあなたのテンポがのろいんです」

テンポがのろいって、どういうこと?

一九九四年八月のむしむしする暑い日だった。とうとうモリーと妻のシャーロットは神経科の診察室に出向いて担当の医師の前に座り、ご託宣を聞かされた。筋萎縮性側索硬化症（ALS）、別名ルー・ゲーリッグ病。容赦ない残酷な神経疾患だ。

今のところ治療法はありません。

「どうしてそんなものになったんでしょう?」

誰にもわかりませんね。

「もうだめっていうこと?」

はい。

「じゃあ、死ぬわけですか?」

たいへんお気の毒ですが。

医師はモリーとシャーロットを前に、二時間近くも座って、辛抱強く質問に答えていた。別れ際にALSに関する情報を書いた小さなパンフレットを渡された。まるで新しく銀行口座を開くときのような感じだった。外では日が燦々《さんさん》と照り、人びとが忙しげに行き来していた。パーキングメーターにコインを入れている女性。食料品を抱えている人。シャーロットの胸のうちには、数知れぬ思いが渦巻いていた。残された時間は？　その間どうやって暮らそう？　おかね払えるかしら？

一方、老先生は、いつに変わらぬ周囲のいとなみにただただ呆然としていた。世界よ止まれ！　私の身に起こったことがわからないのか？

しかし、世界は止まらない。鼻もひっかけない。力なく車のドアを開けたモリーは、深い穴の底に落ちていく思いがした。

さて、どうするか？

答えをさがすうちにも、病気は日に日に体を侵していく。朝、車をガレージから出そうと思ったら、ブレーキが踏めなかった。それで車の運転は終わり。

しょっちゅうよろけるので、杖を買った。それで気ままな散歩は終わり。

YMCAへ水泳に通っていたのだが、もう着替えることができなくなった。やむなくはじめて介護者――トニーという神学部の学生――を雇い、プールの出入り、水着の脱ぎ着に手を借りた。

ロッカールームで、ほかの人たちは見ていないようなふりはするが、やはり見てしまう。それでプライバシーも終わりとなった。

一九九四年秋、モリーは自分にとっては最後のクラスを教えるために、山の上のブランダイスのキャンパスにやってきた。もちろん、中止しようと思えばできないわけではなかった。大学側も理解してくれる。大勢の学生を前に苦しむことありませんよ。家で用事を片づければ……。しかし、休もうという考えなど、モリーの頭に浮かびもしなかった。

よたよたと入ってきた教室は、三十年以上も過ごした根城。杖にすがっているので椅子にたどりつくのに時間がかかる。やっとのことで腰をおろすと、眼鏡がはずれて落っこちる。しーんと見つめている若者たちの顔を見渡して、やおら語り始める。

「みなさんは、社会心理学の授業に出るためにここに来ているのだと思います。私は二十年間この講義を担当していますが、今度という今度は、みなさん、この授業を取るのは危ないと言っておいてもよさそうです。実はいのちにかかわる病気にかかっていて、学期が終わるまでもたないかもしれません。

そりゃ問題だと思うなら、履修を放棄してもいいですよ」

微笑。

これで秘密も終わりとなった。

ＡＬＳは火をつけたろうそくに似ている。神経を溶かし、体は蠟《ろう》のかたまりと化す。しばしば脚から始まり、だんだん上がってくる。腿《もも》の筋肉がコントロールできなくなれば、立っていられない。胴体の筋肉のコントロールを失うと、まっすぐ座っていられなくなる。とどのつまり、まだいのちがあれば、のどに穴を開けチューブを通して呼吸することになる。精神は完全に目ざめたまま、ぐにゃぐにゃの外皮の中に閉じこめられている。ＳＦ映画にそういうのが出てくる。まばたきや舌打ちはできるかもしれないが、人間らしさはその肉体の中に凍結されている。病気にかかってからこうなるまでに五年とかからない。

医者は余命二年と見ていた。

モリーはそれ以下と考えていた。

しかし、心の中には深く思い定めたものがあった。それを彼は、頭上に剣がぶら下がっているような状態で診察室から出てきたその日に練り始めた。希望をなくして消えていくか、それとも残された時間に最善を尽くすか——と自分に問いかけていた。

めげるものか。死ぬことは恥ずかしくなんかないんだ。

死を人生最後のプロジェクト、生活の中心に据えよう。誰だっていずれ死ぬんだから、自分はかなりお役に立てるんじゃないか？　研究対象になれる。人間教科書に。ゆっくりと辛抱強く死んでいく私を研究してほしい。私にどんなことが起こるかよく見てくれ。私に学べ。

モリーは、生と死の架け橋を渡るその道すがらの話をしようと考えた。

秋学期は足早に過ぎていった。薬の量がふえ、治療が日課になった。看護婦が次第に萎《な》えてくる脚の面倒を見に訪ねてくる。ポンプで水を汲み出すような要領で、脚を曲げたり伸ばしたり、筋肉を働かせるのだ。週に一回、専門のマッサージ師がやってきて、固く凝ったところをほぐしていく。瞑想の先生にも会った。目を閉じ、思いを狭めて、世界をたった一つの呼吸にまで縮める。吸って吐いて、吸って吐いて……。

ある日、杖を使って歩いているとき、縁石につまずいて車道に倒れこんだ。それっきり、杖は歩行器にかえられる。体が衰えるにつれ、トイレへの行き来もつらくなったので、大きなビーカーに排尿することにした。その間、自分の体を支えていなければならない。つまり、ほかの誰かがビーカーを持っていなければならないということだ。

たいていの人間は、こういったことが恥ずかしくてやりきれないだろう。特にモリーほどの年になってみれば。しかし、モリーはたいていの人間とはちがっていた。親しい同僚が訪ねてくると、よくこんなふうに言う。「あのねえ、小便がしたいんだ。手伝ってくれるかい？　そういうこと平気かな？」

相手は、自分でもびっくりするぐらい、平気なのだった。

意外なことに、訪ねてくる人の数はますます多くなってきた。死をめぐるディスカッショングループができあがった。死を迎えるとはどういうことか、世間の人たちはそれを理解しないでむやみに恐れている、といったことを話し合う。友だちには「ほんとうに助けてやりたいと思うなら、ただあわれみをかけるのではなく、実際に訪ねてくるとか、電話をかけるとか、自分の抱えている問題もこちらに話してくれ。いつもやっていたように」と語っていた。モリーは以前からいつもすばらしい聞き役だった。

体のほうはさまざまな障害が起こっているのに、声は相変わらず力にあふれ、人を引きつけ、精神は無数の考えでこやみなく働きつづけていた。「死が近い」と「役立たず」が同義語でないことを証明しようと、モリーは懸命だった。

年が明けた。誰にもそうとは言わなかったが、これが生涯最後の年になることをモリーは悟っていた。今はもう車椅子を使う身。愛する人すべてに、言いたいことすべてを告げようと、時間と格闘する毎日だった。大学の同僚が心臓発作で急死したときには、その葬式に出かけ、がっかりしてもどってきた。

「もったいない！　こんなに大勢の人がこんなにいろいろすばらしいことを言ったのに、アーヴィンの耳には全然届かないなんて」

いい考えが浮かんだ。電話をかけ、日取りを決める。ある寒い日曜日の午後、友人と家族の小グループが家に集まってきた。「生前葬儀」である。一人ひとりが老教授に弔辞《ちょうじ》を捧げる。泣く人あり、笑う人あり、ある女性は詩を詠んだ。

愛する愛する従兄《おにい》さま
年を知らないあなたの心は
時とともに年輪を重ね
やさしいセコイアのよう

モリーもいっしょに泣き、かつ笑った。そして、ふつうなら誰も愛する人たちに向かって言えない心からの感謝の言葉を、その日のモリーは口にすることができた。「生前葬儀」は大成功だった。

ただし、モリーはまだ死んではいない。

それどころか、生涯でもっとも尋常ではない時期が、まさに幕を開けようとしていた。

学生

あの夏の日に恩師を抱きしめ、きっと連絡しますと約束したときから、ぼくの身にどんなことが起こったか、ここで説明しておこう。

連絡はしなかった。

それどころか、大学で知り合ったほとんどの人との接触が絶えた――飲み仲間とも、朝いっしょに目をさました最初の女性とも。卒業後の数年で、ぼくはまるっきりちがう人間になってしまった。あの日、世界に自分の才能を提供しようと、ニューヨークへ向け喜び勇んでキャンパスをあとにしたのだった。

しかし、世界はそれほど関心を持ってくれなかった。二十代の初めはあちこちうろうろしていた。家賃を払い、求人広告をのぞき、どうしてぼくには信号が青になってくれないのかとぼやきながら。夢は有名なミュージシャンになることだった（ぼくはピアノが弾ける）。けれども何年間か、暗いがらんとしたナイトクラブで過ごし、約束は守られず、バンドはしょっちゅう解散し、プロデューサーはぼく以外の誰にでも夢中になるのを見るにつけ、夢はしぼんだ。人生ではじめて経験する挫折だった。

同じ頃、はじめて死との厳粛な出会いがあった。大好きな母方のおじ、音楽や運転を教えてくれ、女の子のことでぼくをからかい、フットボールで遊んでくれたおじ――子ども心に「大きくなったら、あんなふうになろう」と目標にしていたそのおじが、まだ四十四歳というのに膵臓癌《すいぞうがん》で死んでしまったのだ。小柄でハンサム、濃い口ひげを蓄えていて、その最後の一年、ぼくは同じアパートのすぐ下の部屋に住んでいた。あの丈夫な体が痩せ衰えたかと思うと膨れあがり、夜な夜な食卓に体を折り曲げるように突っ伏して胃をおさえるのを見てきた。目は閉じ、口は苦痛にゆがんで「あっ、あっ、あーっ、神さま」とうなるその姿。ほかの家族――おばとふたりの従弟とぼく――は、押し黙って皿を洗い、目をそむけているしかなかった。

生まれてからこれほど自分が無力に感じられたことはない。

五月のある夜、おじとアパートのバルコニーに座っていた。そよ風が吹いて暖かかった。遠くを見やりながらおじが歯を食いしばるように言う。自分は来年、子どもたちが学校へ行くのをもう見られないだろう、面倒をみてやってくれないか。そんな言い方しないでくださいよ、とぼく。おじは悲しげに見つめ返した。

死んだのはその二、三週間後。

葬式のあと、ぼくの生活が変わった。時間が突然貴重なものに思えてきたのだ。それがどんどん流れていってしまうのに、自分は満足に動けないような感じ。半分からっぽのナイトクラブで音楽などもうやっていられない。誰も聞いてくれない歌をアパートで書いてなどいられない。ぼくは大学へもどった。ジャーナリズムの修士号を取り、最初に話のあったスポーツライターの職についた。もう名声を追うのはやめて、名声を追う有名なスポーツ選手のことを書いた。新聞に記事を書き、フリーランスとして雑誌にも寄稿した。その仕事のペースは、時間もなければきりもない。朝起きて顔を洗うと、ねたときと同じ服装のままタイプライターに向かう。おじは会社勤めで、その仕事が大きらいだった——毎日毎日、おんなじだ、と。ぼくは絶対あんなふうには終わるまいと固く心に誓っていた。

ニューヨークからフロリダへと飛び回り、やがて「デトロイト・フリープレス」のスポーツコラムニストとして、デトロイトで職につく。この街には、プロのチームがフットボール、バスケットボール、野球、アイスホッケーとそろっていて、人々のスポーツ欲は飽くことを知らない。それがぼくの希望にぴったりだった。数年もしないうちに、コラムを執筆するだけでなく、スポーツの本を書き、ラジオの番組を持つようになる。テレビにもレギュラー出演して、金持ちのフットボール選手や大学スポーツの偽善について、自分の意見を弁じたてるまでになっていた。国じゅうを情報漬けにしているマスコミの一員。早くいえば売れっ子だった。

物を借りるのはもう終わり。買うことにした。丘の上に家を買い、車を買い、株に投資して運用する。ギアをトップに入れ、することなすこと期限ぎりぎり。何かにとりつかれたように体を鍛え、猛烈なスピードで車を走らせる。それで思ってもみなかった財産がたまった。やがてジャニーンという名前の黒髪の女性に出会う。彼女は、どういうわけか、スケジュールがたてこんでいつもいないぼくを愛してくれた。七年つき合って結婚。式のあと一週間でぼくは仕事にもどった。いつか子どもを持とうとジャニーンに——そしてぼく自身にも——言っていた。彼女は心からそうしたかったのだが、とうとうその日は来なかった。

代わりにぼくは業績を上げることに夢中になっていた。それさえあれば物事を思うままにコントロールできるし、幸福の最後の一片までしぼり取ることができると信じていたからだ。そしてやがておじと同じように病気にかかって死ぬ、それが定められた運命だと思っていた。

モリーのことは？　そう、ときどき彼のことや、「人間らしくあれ」とか「人とのつながり」とか、教わったことが頭に浮かばないではなかったが、いつもはるかかなたの別世界のような気がしていた。何年も、ブランダイス大学から届く郵便物は、どうせ寄付金ねだりだろうと思って捨てていた。だから、モリーの病気のことも知るわけがない。あるいは知らせてくれたかもしれない人とは音信不通。電話番号の控えは屋根裏のガラクタ箱に詰めこんであった。

そのままずっとつづいてもふしぎはなかったのだが、ある晩遅くテレビのチャンネルを次々かえているうちに、ふと耳に入ったものがあった。

視聴覚教室

一九九五年三月、ＡＢＣテレビ「ナイトライン」の司会者、テッド・コッペルを乗せたリムジンが、マサチューセッツ州ウェスト・ニュートンにあるモリーの家の前の、雪をかぶった歩道に横づけになった。

モリーは今では一日じゅう車椅子で、椅子からベッド、ベッドから椅子へと、ヘルパーに重い袋同然の扱いで移されるのにも慣れっこになっていた。食事の間にも咳きこむようになり、ものを噛むのが一仕事だった。脚は死んでしまい、もう二度と歩くことはできない。

それでも気持ちは負けなかった。それどころか、もろもろの考えを受け止める避雷針になった。思いついたことは、メモ用紙、封筒、広告、紙くずなど、何にでもメモしておく。こうして書いた、死の影落とす人生をめぐる一口哲学は、「できることもできないことも素直に受け入れよ」「過ぎたことにとらわれるな。ただし、否定も切り捨ても禁物」「自分を許すこと、そして人を許すことを学べ」「もうチャンスはないと思いこむな」などなど。

やがてこんな「警句」が五十以上もたまったので、友だちに見せた。そのひとり、ブランダイスの教授モーリー・スタインがいたく感心して、今度はそれを「ボストン・グローブ」の記者に送る。すると記者がさっそく記事にするといった具合で、とうとうモリーに関する特集記事ができあがった。見出しは――

教授の最終講義は「わが死について」

記事は「ナイトライン」のプロデューサーの目にとまり、プロデューサーはさらにそれをワシントンDCのコッペルのもとへ持っていく。「ちょっと見てくれないか」

こうして、カメラマンがモリーの家の居間に入り、コッペルのリムジンが家の前に止まったというわけだった。

モリーの友人数人と家族がコッペルを迎えに集まっていたが、名士の登場にみな興奮の嘆声をあげた――ただひとりを除いて。モリーは車椅子を漕いで前に進み出て、騒ぎをおさえるような高い抑揚のない声をあげた。

「テッド、まず君のことを調べたいんだ。インタヴューを承知するかどうかは、そのあとにしよう」

気まずい沈黙が流れたが、ふたりは書斎に入り、ドアが閉まる。

ドアの外で友人のひとりがつぶやく。

「テッドがお手柔らかにやってくれるといいんだが」

「いや、モリーのほうがお手柔らかにやってほしいよ」ともうひとり。

部屋の中で、モリーはコッペルに座るように合図してから、膝の上で手を組んでにっこり笑う。

「君の心のすぐ近くにあるもののことを話してくれないか」

「心の？」

コッペルはさぐるような目でこの老人を見ていたが、用心深く「いいでしょう」と答えて、子どものことを話し始めた。子どもなら心に近いでしょう？

「結構。じゃあ今度は君が信じているものについて」

コッペルは落ち着かなくなってきた。「会って二、三分の人には、ふつうそんな話はしないんですが」

「テッド、私は死にかけているんだよ。もう時間があまりない」モリーが、眼鏡の上からのぞくように言う。

コッペルは笑った。わかりました。信じているもの、ね。そしてマルクス・アウレリウスの一節を口ずさむ。それについては、自分自身はっきりした考えを持っていた。

モリーはうなずいた。

「今度はこっちから質問させてください」とコッペル。「私の番組、ご覧になったことありますか？」

「そう、二回かな」とモリーは肩をすくめる。

「二回、それだけですか？」

「気を悪くしないで。『オプラ』（オプラ・ウィンフリーという女性が司会をする人気トークショー）は一回しか見てないんだ」

「で、二回ご覧になったとき、私の番組をどんなふうに思われました？」

「正直に言ってもいいのかな？」

「どうぞ」

「君はナルシシストだな、と」

コッペルは吹き出した。

「私みたいにハンサムに遠い男が、ナルシシストなんてとてもとても」


間もなくカメラが居間の暖炉の前にどやどやと入ってきた。コッペルはしゃきっとしたブルーのスーツに身を固め、モリーはもしゃもしゃのグレーのセーターを着こんでいる。モリーは、着替えもメーキャップも拒んだ。死は決してみにくいものじゃないんだから、その鼻にぽんぽんとおしろいをはたいてきれいに見せようなんて気にはさらさらならない、というのがモリーの哲学だった。

車椅子に座っているから、萎えた脚はカメラにうつらない。それに手はまだ動かせたから――モリーはいつも両手を振りながらしゃべる――人生の終末にいかに立ち向かうかを説明するその身ぶりには、すごく熱がこもっているように見えた。

「ねえ、テッド。この病気が始まったとき、私は自分に質問したんだ。『ほかの人と同じように、世間から引っこむつもりか、それとも生きるつもりか？』答えは、こうと思ったとおりに生きよう──少なくとも、生きてみよう、だった。品位をもって勇気とユーモアと落ち着きを忘れずに。そりゃあ、朝目がさめると涙が出て出て、わが身を嘆くこともあったよ。時には腹が立ったり、むしゃくしゃしたり。だけど、そう長くはつづかない。起き上がって言いきかせるんだ。『おれは生きたいんだぞ……』

今まではそれができた。これからもできるかどうか？　何とも言えないけれど、自分じゃ絶対できると思ってる」

コッペルはいたく感動したようだった。つづいて、死が人を謙虚にすることについて質問した。「そうだな、フレッド」とうっかり言ってしまったモリーはいそいで訂正する。「いや、テッド……」

「あ、謙虚になられましたね」とコッペルは笑う。

ふたりは余生のことを話し合った。それから、モリーがますます人に頼らなければならなくなること。すでに食べるのも座るのも場所を移るのも介助が必要になっている。ゆっくり、知らないうちに衰弱が進行していくことで、いちばん恐れていらっしゃるのは何ですか、とコッペルがたずねる。

モリーはちょっと考えて、こんなことテレビでしゃべっていいかな、と言う。

どうぞ、ご遠慮なく。

モリーは、このアメリカでいちばん有名なインタヴュアーの目をまっすぐに見すえて、言ったものだ。「そのうち誰かに尻を拭いてもらわなければならなくなること」

この番組は金曜の夜、放送される。テッド・コッペルがワシントンでデスクを前に、重々しく太い声で話し始める。

「モリー・シュワルツとは誰でしょう。そしてこのあと、視聴者の多くの方がこの人に関心を持つことになるでしょうが、さてそのわけは……」

一〇〇〇マイルも離れたわが家で、ぼくは何とはなしにチャンネルをかえていた。突然テレビから聞こえてきた声。「モリー・シュワルツとは誰でしょう？」

ぼくは呆然として動けなくなった。


一九七六年春、はじめてクラスが顔を合わせたとき。モリーの広い研究室に入ると、数えきれないほどの本を収めた書棚が周囲の壁を埋めつくしていた。社会学の本、哲学の本、宗教の本、心理学の本。木の床には大きなじゅうたんが敷いてあって、窓からキャンパスの歩道が見える。部屋にいた学生はほんの十人ちょっとで、ノートや講義概要をあちこちひっくり返して見ている。服装はだいたいジーンズにぺたんこ靴、フランネルのシャツといったところ。こんなに小人数じゃさぼれないな、と心ひそかに思う。取らないほうがいいか。

「ミッチェル？」出席簿を読み上げるモリーの声。

手を挙げる。

「ミッチのほうが好きかい？　それともミッチェルでいいのかな？」

教師にこんな質問をされたことはない。ぼくは、黄色いタートルネックに緑のコーデュロイパンツ、額に銀髪を垂らしたこのおじさんを見直した。にこにこ笑っている。

ミッチです。友だちはみんなそう呼んでいます。

「じゃあ、ミッチだ」と、まるでそれで手を打ったっていうような言い方をする。

「ところで、ミッチ」

はい？

「そのうち、私のことを友だちと思ってくれるようになるといいな」

オリエンテーション

レンタカーのハンドルを切って、ボストンの静かな郊外ウェスト・ニュートンのモリーが住んでいる通りに入っていく。片手にはコーヒーのカップ、耳と肩で携帯電話をはさんで、テレビのプロデューサーに現在進行中の仕事のことで話をする。デジタル時計にちらっと目をやり――帰りの飛行機まで二、三時間――通りに並んだ郵便受けの番号に視線をとばす。カーラジオはつけたまま、ニュース専門局だ。これがぼく流のやり方、一度に五つのことをやっている。

「テープを巻きもどしてくれないか。そこんとこもういっぺん聞きたいんだ」とプロデューサーに指示する。

「オーケー。一秒でやるよ」

あっと思ったら家の前。あわててブレーキを踏んだ拍子にコーヒーが膝の上にこぼれた。車を止めるときに目に入ったのは、イロハカエデの大木とそのそばの私道にいる三人の人物――青年と中年の女性と、女性の脇の車椅子に座っている小柄な老人。

モリーだ。

恩師の姿を見て、ぼくは体が凍りついたよう。

「もしもし、どうした？……」耳もとでプロデューサーの声がする。

もう十六年も会っていない。髪は薄くなりほとんど白に近く、顔はやつれている。突然、再会の用意が何もできていない気がした。一つには電話にかかりっきりだったせいもある。モリーがこっちに気づいていなければ、このブロックをあと何回か回って用事を片づけ、心の準備ができる、と思ったのだが、そうはいかない。昔あれほど見知った姿から痩せ衰えた姿に変貌したモリーは、膝の上に手を組んで車に向かってほほえみながら、ぼくが現れるのを待っている。

「おい、いるのか？」とまたプロデューサーの声。

あれほど長い間いっしょに時を過ごし、若いぼくにあれほど親切に辛抱強く接してくれたことを思えば、電話などほっぽりだして車からとび降り、しっかりモリーを抱いて、こんにちはのキスをするのが当然だった。

ところがぼくはエンジンを切ったあと、さがしものでもしているようなかっこうでシートの下にかがみこんだ。

「ああ、いるよ」と小声で答えて、プロデューサーと用件が片づくまで話をつづける。

ぼくは自分がいちばん得意とすることをやった——つまり仕事、それも死を間近に控えた恩師が待っているというのに。自慢になるようなことではない。しかし、これがぼくのやったことなのだ。

五分後、モリーはぼくを抱きしめていた。薄くなった髪がほほを撫でる。ぼくは、キーをさがしていて時間がかかってしまいましたと言いわけし、そのうそを押しつぶすように、モリーの体にまわした腕に力をこめた。春の日ざしは暖かいのに、モリーはウィンドブレーカーを着て、脚には毛布をかけている。かすかにすっぱい匂い。薬で治療中の人によくあるやつだ。顔と顔がくっついているので、苦しげな息づかいが聞こえる。

「やっともどってきてくれたね」ささやくような声。

モリーは寄せた体を揺らしながら、かがみこむぼくの二の腕をつかんで離そうともしない。十何年もの空白のあとでこんな愛情を示されて、内心びっくりした。つまりは、自分の過去と現在の間に高い障壁を築き上げて、かつてはお互いずいぶん近しい仲だったことを忘れていたのだ。卒業式の日のことが思い出された。ブリーフケース、別れ際のモリーの涙。しかしぼくは気持ちをおさえた。自分が今はもうモリーの記憶にあるようないい学生ではないことを、心の中ではよく承知していたからだ。

あと二、三時間、モリーをだませれば――それしか考えていなかった。

中へ入って、食堂のクルミ材のテーブルにつく。窓際で、向こうに隣の家が見える。モリーは、体を楽にしようと、車椅子の中でももぞもぞしている。例によって、何か食べろと言うので、いただきますと答える。ヘルパーのひとり、コニーというがっしりしたイタリア系の女性がパンとトマトを切り、チキンサラダ、豆のペースト《ホムス》、レバノン風サラダ《タブリ》を入れた容器を運んでくる。

コニーはいっしょに錠剤を持ってきた。モリーはそれを見てため息をつく。目が前よりもくぼみ、ほほ骨が突き出ているので、顔がきつく老けて見えるが、やがてにっこり笑うと、たるんでいたほほがカーテンのように上がる。そして静かに言う。

「ミッチ、私は死にかけているんだよ」

ええ、知っています。

「そうか、それなら」と薬をのみ、紙コップを置き、深く息を吸いこんで、言葉をつぐ。「どんなものだか話をしようか？」

どんなもの？　死ぬことが？

「そのとおり」

自分では気がつかぬまま、ぼくたちの最後の授業が今まさに始まったのだった。

大学一年の年。モリーはほとんどどの教授より年上、ぼくはほとんどどの学生より年下だった。一年早く高校を出たからで、その若さの埋め合わせに、古びたグレーのスウェットシャツを着こみ、ボクシングのジムに通い、吸えもしないのに火のついていないタバコをくわえてのし歩いていた。車はおんぼろのマーキュリー・クーガー。窓を開け、音楽をガンガン鳴らす。やくざっぽさに自分のアイデンティティを求めた。けれども、ぼくが引きつけられたのは、モリーのソフトなところ。そして、ぼくを背伸びしている子どものようには見ていないので、こちらもリラックスできた。

最初のモリーの講座を履修したあと、その次のも登録。モリーは点が甘い。成績などたいして問題にしない。ヴェトナム戦争中、男子学生を徴兵猶予にするため全員Aをつけたという話がある。

ぼくはモリーを「コーチ」と呼ぶようになった。高校時代に陸上のコーチに向かって言っていた呼び方。モリーはそのあだ名が気に入っていた。

「コーチか、いいねえ。私が君のコーチ。君は私の選手ってわけか。私みたいな年寄りにはもうできないようなすてきな人生を、プレーできるんだ」

カフェテリアでいっしょに食事をすることもあった。モリーは、うれしいことに、ぼく以上に野暮ったかった。嚙みながらしゃべる、大口あけて笑う、卵サラダをほおばったまま、かっかと意見を述べる、口から黄色いものがプッととび出す。

こっちもゲラゲラ笑ってしまう。その間じゅうぼくがやりたくてたまらなかったことが二つある。モリーを抱きしめること、ナプキンを渡すこと。

教室

陽光が食堂の窓からさしこんで木の床を明るく照らす。ぼくらはもう二時間近くも話しこんでいた。また電話が鳴り、モリーはコニーに出るようにたのんだ。コニーは、電話の相手の名前をモリーの小さな黒いスケジュール帳に書きこんでいるところだった。友人。瞑想の先生。ディスカッショングループ。雑誌用の写真をとりたいという人。この老先生を訪ねようと思っているのがぼくひとりではないことは目にも明らかだった。「ナイトライン」に出たおかげで先生は一躍有名人になっていた。しかし、ぼくが感心、と同時にちょっとうらやましくもあったのは、モリーが友人を大勢持っていることだった。大学時代、ぼくの周辺軌道をぐるぐる回っていた「仲間」のことを思い浮かべる。あの連中、どこへ行ってしまったのか?

「ねえ、ミッチ。死ぬのが近づくと、みなさんますます私に興味を持つらしい」

「おや、ご親切さま」とモリーは顔をほころばせる。

先生はいつだって興味深い方でしたよ。

いや、そうじゃありませんよ、ほんとにそう思っていたんです。

「こういうことなんだ。みなさんは私を橋みたいに見ていらっしゃる。もう以前のように元気ではない、といってもまだ死んではいない。何ていうか……その中間さ」

呟きこんだが、また笑いがもどる。「私は最後の大旅行に出かけるところ。みなさん、荷物に何を詰めたらいいか教えてほしいんだな」

また電話。

「モリー、出られますか？」とコニーが聞く。

「今、旧友と話をしているところだから、あとでかけてもらって」

どうして先生がこんなに温かく迎えてくれたのかわからない。ぼくは十六年前に別れたときのような将来のある学生ではなかった。「ナイトライン」がなければ、モリーはもう一度ぼくに会うことなく世を去っただろう。それについてぼくはまともな弁解がまったくできなかった。唯一の弁解は、昨今誰もが口にするようなもの。ぼくは自分の生活の中に響く誘いの声に、どうしようもなく包みこまれていた。つまり、忙しかったのだ。

自分に何があったのか？　ぼくは自問した。モリーのかん高いかすれたような声が、ぼくを大学時代に連れもどした。あの頃ぼくは、金持ちは悪者、ワイシャツにネクタイは囚人の服、自由のない人生はろくな人生じゃないと思っていた。さっとバイクにまたがって、顔に風を受け、パリの街やチベットの山の中をすっとばしたいと思っていた。何があったのか？

八〇年代の出来事があり、九〇年代の出来事があった。死と病気、そして腹は出、頭は薄くなり……ぼくはたくさんの夢を次々に金額の上がる給料小切手に取り替えた、何をやっているか気づきもせず。

ところが今モリーは、まるでぼくが長い休暇をとっていただけのように、かつての大学時代と同じ好奇心を見せて問いかける。

「誰か心を打ち明けられる人、見つけたかな？」

「君のコミュニティーに何か貢献してるかい？」

「自分に満足しているかい？」

「精一杯人間らしくしているか？」

こういった問題に一所懸命取り組んできたことを見せようと、ぼくは身もだえする思いだった。何があったのか？　かつては、絶対にかねのためには働くまいと心に誓ったこともある。それから、平和部隊に加わろうとか、美しい、霊感を湧きたたせるような場所に住もうとか。

にもかかわらず、デトロイトに住んでもう十年になる。仕事場も同じ、銀行も同じ、髪を切るのも同じ店。年は三十七歳。大学時代よりはてきぱきと働けて、コンピューターやモデム、携帯電話から離れられなくなっている。金持ちのスポーツマンの記事を書く。だいたいがぼくみたいな人間にはろくすっぽ関心を持っていない連中だ。もう仲間にくらべて若いわけじゃない。グレーのスウェットシャツを着、火のついていないタバコをくわえて歩き回るようなことはない。卵サラダサンドイッチをほおばりながら人生の意味について長々と議論を戦わすこともない。

毎日毎日時間はふさがっている。しかし、その多くに満ち足りた気持ちはない。

何があったのか？

「コーチ」突然思い出した言葉が口をついて出た。

モリーの顔がパッと明るくなる。「それだ。私は今でも君のコーチだよ」と笑って、また食べ始める。もう四十分も前に始まった食事。見ていると、まるではじめて手の使い方を教わっているように、その動きが用心深い。ナイフをしっかり押し下げることができない。指が震える。嚙み切るのが一苦労。のみこむ前に細かく嚙み砕くのだが、それがときどき口の端からこぼれ落ちる。そのたびに手に持っているものをまず下に置いて、ナプキンで顔を拭く。手首から甲にかけて点々と老人性のしみが現れ、皮膚はたるんで、スープをとった鶏の骨からぶら下がった皮を思わせる。

しばらくの間、そうやっていっしょに食事をしていた。病気の老人と健康な青年が、部屋の静寂を体の中に取りこみながら。気づまりな沈黙と言いたいところだが、気づまりに思っているのはぼくだけのようだった。

突然モリーが口を開いた。「死ぬっていうのはね、悲しいことの一つにすぎないんだよ。不幸な生き方をするのはまた別のことだ。ここへ来る人の中には不幸な人がずいぶんいる」

なぜでしょう？

「そう、一つにはね、われわれのこの文化が人びとに満ち足りた気持ちを与えないっていうことがある。われわれはまちがったことを教えているんだよ。文化がろくな役に立たないんなら、そんなものいらないと言えるだけの強さを持たないといけない。自分の文化を創ること。多くの人はそれができない。私よりよっぽど不幸だよ――こんな状態の私より。

もうじき死ぬとはいってても、私のまわりには愛してくれる人、心配してくれる人がたくさんいる。世の中にそう言える人がどれだけいるか？」

モリーが少しも自分をあわれんでいないことにはほんとうに驚かされた。もう踊ることも泳ぐことも、入浴も散歩もできないモリー。客の応対に自分の部屋のドアまで出てくることも、シャワーのあと体を拭くことも、ベッドで寝返りをうつことすらできなくなっているのに、どうして平気でその状態を受け入れられるのか？　苦労してフォークを使い、トマトの切れ端を刺そうとして二度失敗する――見るも痛ましい光景なのだが、そういう人の前に座っていると魔法にかけられたように心が安らぐことは、否定しようもない。大学でそよ風が静かにほほを撫でていたときと同じ感じなのだ。

ちらと時計に目をやる――習慣の仕業。遅くなった。帰りの飛行機の予約を変えようかと思う。そのときモリーが言ったことが、今にいたるまでぼくの頭から離れない。

「私がもうじき死ぬこと、わかってるね？」

ぼくは眉を上げた。

「そのうち呼吸ができなくなる。喘息だから、肺がこの病気に対応できないんだ。ALSは体をだんだん上がってくる。もう脚はやられちゃった。間もなく腕や手に達するだろう。そして肺まで来たら……」

モリーは肩をすくめる。

「……おしまいさ」

ぼくは何て言ったらいいかわからなかった。ただ、へどもどするばかり。「でも先生、おわかりでしょうけど……いやつまり……わかりませんよ。そんなこと」

モリーは目を閉じて言った。「わかってるよ、ミッチ。私が死ぬのをこわがっちゃいけない。今まですばらしい人生だったたし、死がいずれ来るのは誰にもわかっていることなんだから。あと四か月か五か月かな」

そんなばかな。誰にも言えませんよ……。

「私は言えるよ。ちょっとしたテストがあるんだ。医者が教えてくれた」

テスト?

「二、三回息を吸いこんで」

ぼくは言われたとおりにした。

「はい、もう一回。今度はね、吐き出すときに、次に吸うまでできるだけたくさん数を数える」

いそいで数えた。「一、二、三、四、五、六、七、八、……」七十までいった。

「いいね、健康な肺だ。じゃあ、私のを見て」

モリーは、息を吸いこんでから、柔らかい、不安定な声で数を数え始めた。「一、二、三、四、

五、六、七、八、九、十、十一、十二、十三、十四、十五、十六、十七、十八……」
そこで止まって、喘《あえ》いでいる。

「医者に最初やられたときは、二十三までいった。今は十八」

目を閉じ、首を振りながら言う。「タンクはほとんどからっぽだよ」

ぼくはそわそわと腿を指でたたいていた。一日にこれだけやれば十分だ。

「またこの老教授に会いに来てくれよ」と、モリーはさよならの挨拶をするぼくに言うのだった。

ええ、来ますとも。この前同じ約束をしたときのことは考えまいとした。


キャンパスの書店で、モリーの参考図書リストに出ている本を物色する。こんなものあるとは知らなかった本を購入。『アイデンティティ――青年と危機』『我と汝』『引き裂かれた自己』などなど。

大学に入る前、人間関係が学問的考察の対象になるなんて思いもよらなかった。モリーに会うまでは、そんなこと信じられなかった。

けれども、本に対する彼の情熱はほんもので、伝染する。ときどきぼくらは授業のあと、からっぽの教室で真剣に議論するようになった。モリーはぼくの生活のことをあれこれ聞いて、エーリッヒ・フロム、マルティン・ブーバー、エリク・エリクソンを引用する。その人たちの考えを尊重して、自分流の助言を付け足すことが多いが、明らかに同じことを自分も考えているのだった。こういうときにはモリーがまさしく教授で、ただのおじさんでないことを実感する。ある日の午後、ぼくは十代後半の困惑を語っていた。期待されているものと自分がなりたいものの対立だ。

「対立物の引っ張り合いの話をしたかな?」

対立物の引っ張り合い?

「人生は、前に引っ張られたり後ろに引っ張られたりの連続なんだよ。何か一つのことをやりたいのに、ほかのことをやらないわけにいかない。何かに腹を立てる、しかし、それがいけないことはわかっている。あることをこんなもんだと考える、あっさり片づけるべきでないとわかっていても。

対立物の引っ張り合い。ゴム紐を引っ張るようなもんだ。人間はたいていその中間で生きている」

レスリングみたいですね。

「レスリングか」モリーは笑う。「そう、人生はそんなふうにも言える」

で、どっちが勝つんですか?

「どっちが勝つって?」

にっこり目尻にしわを寄せる、らんぐい歯が見える。

「そりゃ愛さ。愛はいつも勝つ」

出欠確認

三週間ほどしてロンドンへ飛んだ。ウィンブルドンの取材だ。世界最高のテニス選手権大会で、観衆が決してブーイングをせず、駐車場に酔っ払いがひとりもいないという、珍しい催しの一つである。暖かいくもり空。毎朝コート近くの並木道を歩いていくと、ティーンエイジャーが当日券を求めて行列をつくり、いちごのクリーム添えの売り場に群がっている。門の外にニューススタンドがあり、何種類かイギリスのタブロイド紙を売っている。第一面はトップレスの女性、王族をねらったパパラッツィの写真、星占い、スポーツ、宝くじ、それにほんのちょっぴりのニュース。その日のトップ記事の見出しを書いた黒板が、最新版の新聞の山に立てかけてある。「ダイアナ、チャールズと口論」「ガザ（イングランドの有名なサッカー選手、ガスコイン）、百万要求」といった具合。

人びとはこういったタブロイド紙をごっそり買って、ゴシップをむさぼり読む。ぼくもこの前イギリスへ来たときには、いつもそのまねをしていた。しかし今回は、どういうわけか、つまらないばかばかしいものを読むたびに、モリーのことが頭に浮かんでくるのだった。イロハカエデと堅木の床が印象的なあの家で、呼吸を数え、一瞬一瞬をしぼり出すように愛する人たちとともに過ごしているその姿。対するこちらは、自分にはまるっきり何の意味もない事柄に何時間も何時間もつぶしている。映画俳優にスーパーモデル、やれプリンセス・ダイがどうしたの、マドンナ、ジョン・F・ケネディ・ジュニアがこうしたの。モリーが過ごしている時間の質が、だんだんその蓄えが少なくなっているのが残念ではあるものの、妙にうらやましく思われてきた。どうしてぼくらはこんなどうでもいいことにばかりかかずらっているのだろう？　アメリカではO・J・シンプソン裁判がクライマックスを迎え、誰も彼も昼食そっちのけで成り行きを見守っている。残りはビデオにとっておいて夜見ようというありさま。O・J・シンプソンは知り合いではない。事件の関係者は誰も知り合いではない。にもかかわらず、みなこの赤の他人のドラマに日夜うつつを抜かしている。

この前訪ねたときにモリーが言ったことを思い出した。「われわれのこの文化は人びとに満ち足りた気持ちを与えない。文化がろくな役に立たないんなら、そんなものいらないと言えるだけの強さを持たないといけない」

モリーは、この言葉どおり、自分自身の文化を創りだしていた——病気にかかるずっと前に。ディスカッショングループ、友人との散歩、ハーヴァード・スクェア教会での自分の好みの音楽に合わせたダンス。グリーンハウスというプロジェクトを発足させて、貧しい人たちが精神面のケアを受けられるようにした。本を読んでは授業のための新しいアイディアをさがし出し、同僚を訪ね、昔の教え子と交際をつづけ、遠くの友人に手紙を出す。食べることと自然を見ることに多くの時間を使い、テレビのお笑い番組や「今週の映画」で時間をむだにしない。人間的な活動

——会話、協力、愛情——の繭を編み上げ、それが、ボウルになみなみとついだスープのように彼の生活を満たしていたのだった。

ぼくも自分の文化を創り上げていた。仕事だ。イギリスではメディアの仕事を四つ、五つ抱え、軽業師そこのけに操っていた。一日に八時間パソコンに向かい、アメリカに記事を送る。テレビ番組の制作もあって、クルーといっしょにロンドンをあちこち歩き回る。そして、毎日朝と午後、ラジオに電話でリポートを入れる。これは決してふだんと変わっているわけではない。もう何年もぼくは仕事を相棒にして、ほかのものはすべて脇へどけていた。

ウィンブルドンでは、小さな木造の仕事部屋《ブース》で食事をし、そんなことはまったく気にもしていなかった。ところがある日、その日はとりわけ大騒ぎで、大勢のリポーターがアンドレ・アガシと有名なガールフレンド、ブルック・シールズのあとを追っかけ回しており、イギリスのカメラマンがドシーンとぶつかってきて、ぼくはひっくり返ってしまった。その男はひとこと「ごめん」と言ったきり、巨大なレンズを首からぶら下げたまま立ち去っていく。そこではからずも、モリーから聞いた別のことが思い出されるのだった。「多くの人が無意味な人生を抱えて歩き回っている。自分では大事なことのように思ってあれこれ忙しげに立ち働いているけれども、実は半分ねているようなものだ。まちがったものを追いかけているからそうなる。人生に意味を与える道は、人を愛すること、自分の周囲の社会のために尽くすこと、自分に目的と意味を与えてくれるものを創りだすこと」

そのとおりであることはわかっていた。

といって、何かそれらしいことを実行していたわけではない。トーナメントが終わり——その間に何杯も何杯も飲んだコーヒーともおさらば——ぼくはパソコンを片づけ、ブースを掃除し、アパートへ荷造りにもどった。夜は更けて、テレビをつけても雑音がするばかり。

デトロイトへ飛んで、着いたのは午後遅く、体を引きずるように家へ帰り、ベッドにもぐりこんだ。目がさめると、びっくりするようなニュースが待っていた。勤めている新聞の組合がストに入ったというのだ。社は閉鎖されている。入口にピケを張り、シュプレヒコールをあげて街路を練り歩く人たち。ぼくも組合員のひとりであるからには、ほかに道はない。突然、生まれてはじめて、職を失い、給料を失い、雇い主と闘うことになった。組合のリーダーが電話をかけてきて、編集者に接触するなと言う。ぼくにとっては友だちなのだが、編集者が電話で事情を訴えてきたら、切ってしまえ、と。

「勝つまで闘うんだ!」まるで軍隊口調だった。

ぼくは困惑し落胆した。テレビやラジオはすてきな仕事とはいえ、補助的なもの。それにひきかえ新聞はぼくの生命線、酸素なのだ。毎朝自分の記事が印刷されているのを見ると、少なくとも一つの面で、生きているんだという実感が持てる。

それがなくなってしまった。そして、ストライキが、一日、二日、三日とつづくうち、不安げな電話がかかってきたり、これは何か月もかかりそうだというわさを耳にしたりするようになった。これまでなじんできたものがすべてひっくり返った。毎晩のようにスポーツイヴェントがあって、いつもなら取材に行くのだが、家にいてテレビで見るだけ。読者はたぶんぼくのコラムを必要としているのだろうと、ついつい思いこんでいた。ぼくなしでも万事そつなく運んでいる様子に、がーんと頭をなぐられたような気がした。

こんな調子で一週間。受話器を取り上げ、ダイヤルしたのはモリーの番号だった。コニーに代わって出てきたモリーが言う。

「こっちへ来るね」質問というより、命令に近かった。

はあ。いいんでしょうか?

「火曜はどう?」

火曜は大丈夫です。結構です。

二年次には、モリーの講義をもう二つ取った。ぼくらは授業の枠を超え、ただ話をするためだけに会うこともよくあった。それまで親戚でもないおとなとそんなことをした経験はなかったが、モリーとは気楽に話ができたし、モリーも気楽にその時間をつくっていたようだ。

「今日はどこへ行こう?」モリーは研究室に入っていったぼくに楽しそうに声をかける。

春なら社会学部棟の外の木陰、冬なら研究室のデスク脇に腰をおろす。ぼくはグレーのスウェットシャツにアディダスのスニーカー、モリーはロックポートの靴にコーデュロイのズボンというかっこうである。会うときはいつも、ぼくがだらだらしゃべっているのをじっと聞いていて、合の手に何か人生の教訓をはさんでいくという形になる。キャンパスでは総じて、かねあってのものだねという考えが支配的だったが、モリーはぼくに、そうではないときつく戒める。「十分に人間らしく」なければいけないと言う。青年の疎外にふれて、周囲の社会との「つながり」の必要を説く。ぼくには理解できることもできないこともあったが、それはどうでもいい。このディスカッションはモリーに話をする口実、父親相手のような対話をする機会を与えてくれた。ぼくを法律家にしたかった実の父とはできなかったことだ。

　モリーは法律家がきらいだった。

「大学を出たら何になりたい？」

　ミュージシャン。ピアノが弾けるんです。

「そりゃいい。だけど、きびしいだろ」

　ええ。

「うまいのがたくさんいて」

　そのようですね。

「とはいっても、ほんとにやりたいんなら、その夢を実現させることだな」

ぼくはモリーを抱きしめてお礼を言いたくなったが、そこまであけっぴろげにはなれなかった。うなずくだけで終わり。

「君のピアノって気合が入ってるんだろうね？」

気合？　ぼくは思わず笑う。

モリーも笑い返す。「気合さ。どうかした？　もうそんな言い方しないのか？」

最初の火曜日——世界を語る

　コニーがドアを開けて入れてくれた。モリーは車椅子に座って、台所のテーブルのそばにいた。ゆったりした綿のシャツに、それ以上ゆったりした黒のスウェットパンツをはいている。ゆったりしているのは、脚の筋肉が萎縮してふつうの服のサイズよりも細くなってしまったからだ。太《ふと》股《もも》のまわりに両手を回すと指がくっつく。もし立つことができたら、せいぜい一五〇センチにしかならないだろう。たぶん六年生用ジーンズで間に合う。

「いいもの持ってきましたよ」と茶色の紙袋を見せる。空港から来る途中、近くのスーパーに寄って、七面鳥、ポテトサラダ、マカロニサラダ、ベーグルを仕入れてきたのだ。家に食べるものはたくさんあることはわかっていたが、何か協力がしたかった。ほかにモリーを助ける力はないし、モリーは食べることが好きだったと思いあたったのである。

「ああ、ずいぶんあるね。じゃあ君もいっしょに食べるんだ」

　ふたりして、籐椅子に囲まれた台所のテーブルにつく。今回は、十六年間の経過報告の必要がないので、すぐに大学時代と同じ対話の流れに入っていけた。モリーが質問をし、ぼくの答えを聞き、ぼくが忘れたこと、気がつかなかったことをシェフよろしくパッパッとつけ加えて味をととのえるという方式だ。新聞のストライキについては、いかにもモリーらしく、なぜ労使双方が話し合って解決できないのか理解に苦しむという。ぼくは、誰も彼も先生みたいに頭がよくはないんです、と答えておいた。

ときどき手洗いのため中断しなければならなかった。これがちょっと時間がかかる。コニーが車椅子をトイレまで押していって抱き上げ、ビーカーに排尿する間、体を支えている。モリーはもどってくるたびにげんなりしていた。「おぼえているかな、テッド・コッペルに言ったこと。もうじき誰かに尻を拭いてもらわなければならなくなるって……」

ああいうのは忘れっこないですよ、とぼくは笑う。

「そうか。もうじきその日が来そうなんだよ。それが悩みのたねなんだ」

どうしてですか？

「究極の人だのみだからね、尻を拭いてもらうっていうのは。だけど努力してるよ。なんとかそれを楽しんでやろうと思っている」

楽しむですって？

「そう。つまりは、もう一度赤ん坊になるってことさ」

それはまたユニークな見方ですねえ。

「まあね。今となっては人生をユニークに見ないといけない。まっこうからぶつかるんだ。私は買物に行けない。預金の管理もできない。ごみを出しにも行けない。だけど、だんだんいのちが残り少なくなっていくなか、こうして座って、人生で大切だと思われるものに目を注いでいられる。そうする時間も――理由も――ある」

ぼくは反射的に皮肉な答えを口にしてしまった。人生の意味を見いだすかぎは、ごみを出すのをやめることとみたいですね。

モリーは笑った。笑ってくれてほっとした。


コニーが皿を片づけてわかったのだが、新聞が積んである。ぼくが来るまで読んでいたものらしい。

やっぱりニュースはご覧になりたいですか?

「そうだよ、おかしいかい? もうじき死ぬんだから、この世に何が起こっているか気にすることはない、とでも思っているのかな?」

かもしれませんね。

モリーはふーっと息を吐いた。

「そのとおりかもしれない。世の中どうなるか、しょせん見届けられないんだから。だけどねえ、ミッチ、何て説明したらいいか、自分が苦しい思いをしていると、苦しんでいる人が今までになく身近に感じられるんだ。この間もテレビで、ボスニアの人が、通りを走って渡っているときに撃たれて死ぬのを見た。無辜《むこ》の犠牲者だよ。ほんとに見ていて涙が出そうになった。その苦しみが自分のもののように感じられる。全然見も知らぬ人ばかりなんだけど、何て言うか……ほとんど……吸い寄せられるんだ」

目がうるんでいた。話題を変えようと思ったが、モリーは顔をハンカチでポンポンたたいて、かまわないというふうに手を振る。

驚いた。ぼくは報道関係の仕事をしていて、人が死ぬ話も書く。悲嘆にくれる遺族のインタヴューもすれば、葬式にも出る。しかし、泣いたことはない。モリーはというと、地球の反対側にいるような人の苦しみに涙を流している。最後にはこうなるのかな？　と思う。死というのはすばらしい平衡器《イコライザー》で、見知らぬ者同士に最後には互いに涙を流させる装置なのかもしれない。

モリーはティッシュでいきおいよく鼻をかむ。「君は平気だろうな、男がこんなに泣いても」

ええ、もちろん、とあわてて答える。

モリーはにやっと笑って、「ああミッチ、そのうち君の気持ちをほぐしてやるよ。いつか、泣いてもかまわないんだってこと教えてやろう」と言う。

はい、はい。

「はい、はい」

ぼくらは声をそろえて笑った。二十年近く前もモリーは同じ言い方をしていたものだ。たいていは火曜日。そういえば、ぼくらが顔を合わせていたのはいつも火曜日だった。講義は火曜日だし、モリーが研究室にいる日もそう。ぼくが卒業論文を書いていたとき——そもそものはじめからこれはモリーの勧め――研究室やカフェテリアやパールマン・ホールの階段の途中で、進行状況を話し合ったのも火曜日だった。

だから、久しぶりに、イロハカエデを正面に控えたこの家で再会するのが火曜日であることは、まさにぴったりの感じがした。帰り仕度をしながらそのことにふれると、「私たちは火曜人なんだな」という。

火曜人、ですか。

モリーはにっこり微笑を浮かべる。

「ミッチ、さっき君、私が知りもしない人のことを気にかけているって言ったけれど、この病気のおかげでいちばん教えられていることは何か、教えてやろうか？」

何でしょう？

「人生でいちばん大事なことは、愛をどうやって外に出すか、どうやって中に受け入れるか、その方法を学ぶことだよ」

声がささやくように細くなった。「愛を受け入れる。自分は愛されるに値しないとか、愛を受け入れれば軟弱になると思われがちだけれども、レヴァインという賢人が言ってるよ、『愛は唯一、理性的な行為である』」

モリーはこの言葉を心をこめて、一語一語意味を確かめるように反復した。「『愛は唯一、理性的な行為である』」

ぼくが優等生みたいにうなずくのを見て、弱々しく息を吐く。ぼくはかがみこんでモリーの体を抱いた。そのとき、ほんとうはぼくらしくないことなのだが、モリーのほほにキスをした。腕にモリーの衰弱した手の力が感じられる。うっすらと伸びたほほひげが顔をこする。

「今度の火曜日も来るね？」

教室に入ってきたモリーは、腰をおろしたきりひとこともしゃべらない。学生たちを見やり、こちらもモリーを見る。二、三人の忍び笑い。モリーは肩をすくめるだけ。やがて深い静寂が垂れこめ、ほんの小さな音まで耳に入るようになる。教室の隅のラジエーターがかすかにうなっている。太っちょの学生の鼻息。

何人かざわざわし始める。いつになったらしゃべるんだろう？　もじもじし、時計に目をやる。何も気にすまいと窓から外を見る者。これが十五分もつづいただろうか、ようやくモリーのささやきが沈黙を破った。

「今、何が起こっているのだろう？」

そしてゆっくりとディスカッションが始まる。モリーがこの間ずっと期待していたとおり、テーマは人間関係に及ぼす沈黙の効果。われわれはなぜ沈黙を気まずく思うのか？　騒々しさにどんな安らぎが見いだせるか？

ぼくは沈黙が苦にならない。友だちといっしょにわいわいやっていても、他人の前で、特にクラスメートの前で、自分の気持ちをしゃべるのは苦手だ。授業で求められれば、何時間でも黙って座っていられる。

外へ出るとき、モリーに呼びとめられる。「今日はあまりしゃべらなかったね」

そうですか。つけ加えることがなかっただけです。

「つけ加えることはたくさんあったと思うよ。実はね、ミッチ。私の知っている人で、若いとき自分の胸のうちに物事をしまっておくのが、今の君みたいに好きだった人のことを思い出したよ」

誰ですか、それ。

「私、さ」

第二の火曜日――自分をあわれむこと

ぼくは次の火曜日またもどってきた。そしてその後も何度も何度も。七〇〇マイルも飛行機で飛んで死にかけている人のそばへ行くわけだから、まさかと思われるかもしれないが、ぼくとしてはこの訪問を心待ちにしていた。モリーを訪ねるのはタイムスリップをするような感じ。そこにいると自分のことが好きになるのだった。空港からの途中で携帯電話を使うようなことはもうやらない。待たせておけばいいと、モリーの口調をまねて自分に言いきかせた。

デトロイトの新聞社の状況は相変わらず。むしろひどくなる一方で、ピケを張る人と代替労働者の間でののしり合いがあったり、多くの人が逮捕され、なぐられ、路上で配送トラックの前にねころんだり、というありさまだった。

こういうことを見るにつけても、モリー訪問は、人の心のやさしさをしみじみ感じさせられる出来事だった。ぼくらは人生を論じ、愛を論じた。モリーの好きなテーマ、「思いやり」について、そしてそれが今日の社会にどんなに欠けているかについても話し合った。三度目の訪問の前、ブレッド・アンド・サーカスというマーケットに寄った。そこの袋がモリーの家にあるのを見たことがあって、たぶんその店の食料品が好きなのだろうと見当をつけたのだ。そしてプラスティック容器入りの食品を車に積みこむ。野菜添えのヴァーミセリとか、にんじんスープとか、デザートパイ《バクラヴァ》とか。

モリーの書斎に入るときに、ぼくは銀行強盗でもしてきたみたいに袋を高く掲げながら「食料マンだぞー！」と大声をあげた。

目をぎょろっとさせてほほえむモリー。

病気が進行している兆候がないかどうか気をつけて見た。指は鉛筆で字を書いたり、コップを持ったりするぐらいには動くが、腕は胸の高さまでしか上がらない。台所や居間で過ごす時間がだんだん減って、書斎にいることが多くなっている。書斎には大きなリクライニングチェアが置いてあって、そこには枕、毛布、それに、足の置き場所を定め萎えた脚を支えるために特殊な形に切ったフォームラバーが用意されている。そして、傍らには呼び鈴《りん》。頭の位置を調節してもらいたいときや、「室内便器に乗っかる」（とモリーは言う）ときには、それを振ればコニー、トニー、バーサ、エイミー——在宅介護部隊——の誰かが来てくれる。呼び鈴を持ち上げるのは必ずしも簡単なことではなくて、うまく鳴らせないとモリーはがっかりしてしまう。

ご自分が情けなくありませんか、ときいてみた。

「ときどき、朝なんかね。悲しくなるのは朝なんだよ。体のほうぼうをさわってみる、指や手を動かしてみる——まだ動かせるところは全部。だめになったところがあると悲しいな。ゆっくりと知らないうちに死が近づいてくるのが悲しい。だけど、そこで悲しむのはやめるんだ」

そんなに簡単にできるんですか？

「必要なときには、まず思いっきり泣く。それから、人生にまだ残っているいいものに気持ちを集中する。会いに来ることになっている人のこととか、聞く予定の話とか。火曜なら、君のこと。われわれ火曜人だからね」

そう、火曜人、と笑いがこぼれる。

「ミッチ、私はね、それ以上自分をあわれむことを許さないんだ。毎朝ほんのちょっと。二、三粒涙を流せば、それでおしまい」

ぼくは、目のさめている間しょっちゅうわが身をあわれんでばかりいる知人のことを思った。自己憐憫《れんびん》に毎日制限時間を設けたらいいのではないか。二、三分涙を流す――それで、今日一日さあやろう、と。こんなおそろしい病気に侵されているモリーにもできるんだから……。

「おそろしいと思うからおそろしいだけなんだ」とモリーは言う。「体がゆっくりしぼんで消えていくのを見ていたら、そりゃおそろしいさ。けれども、さよならを言える時間がこれだけあるのは、すばらしいことでもあるよ。みんながみんなそれほどしあわせってわけじゃない」

椅子に座ったモリーをしげしげと見る。立つことも、手を洗うことも、ズボンをはくこともできない。それでも本気でしあわせと言っているのだろうか？

モリーが手洗いに行っている中休みに、椅子のそばにあったボストンの新聞をパラパラめくってみた。製材のさかんな小さな町で十代の少女ふたりが援助交際の七十三歳の老人をなぶり殺しにし、そのうえ老人のトレーラーハウスでパーティーを開いて死体をみせびらかした話。テレビのトークショーであるゲイが「彼に夢中なの」と言ったことから、ゲイではない相手の男性がそのゲイを殺した。この事件の裁判がいよいよ開かれるという話。

ぼくは新聞を押しやった。モリーがもどってくる――いつものようににこやかに。コニーがその体を抱き上げて車椅子からリクライニングチェアに移すために寄ってくる。

ぼくがやりましょうか?

一瞬の沈黙。なぜそんなことを言い出したか、自分でもよくわからなかった。モリーはコニーを見上げる。「ミッチにやり方を教えてくれるかい?」

「いいですとも」とコニー。

ぼくは、コニーに指示されるまま、かがんで腕をモリーの脇の下に入れ、丸太を持ち上げる要領で手前に引き寄せる。そうして背を伸ばすと、いっしょにモリーの体も上がってきた。ふつう誰かを持ち上げるときには、相手の腕がしがみついてくるものだが、モリーはそれができない。反応のない荷物と同じで、頭はぼくの肩にトントン当たるし、体はじとーっとしたかたまりみたいに垂れ下がっている。「あはー」と呻き声。

ほいっ、ほいっ。

こんなふうにモリーを支えていると、何とも言いようのない感慨をおぼえるのだった。衰えゆくその体の中に死のたねを感じとったとしか言いようがない。そして、椅子にねかせて枕の具合を加減しながら、ともにいる時間がどんどんなくなっているという冷厳この上ない事実を、実感しないわけにはいかなかった。

そしてぼくにはやらなければならないことがある。

一九七八年。三年次の年には、ディスコとロッキーの映画が嵐のように吹き荒れていた。ブランダイスでは一風変わった社会学の授業があった。モリーが「グループ・プロセス」と称しているもの。グループの学生が互いにどのように作用し合うか、怒り、ねたみ、注目にどう反応するかを、毎週研究するのだ。言ってみれば、学生は実験用ラットの役。最後には誰かが泣き出すことがよくある。ぼくは「ふれあい感じあい」コースと冷やかしていたが、モリーに、偏見を捨てよとたしなめられた。

この日、モリーはみんなに実験をやってもらうと言う。ほかのクラスメートに背中を向けて立ち、相手が受け止めてくれることをあてにして、後ろへ倒れるのだ。しかしたいていの者は気後れして、ものの一〇センチも動かないうちにやめてしまう。みな照れくさそうに笑うばかり。

ところが最後に、痩せたおとなしい黒髪の女子学生——いつもたっぷりした白のフィッシャマンセーターを着ていた子――が両腕を前に組み、目を閉じ、リプトン紅茶のコマーシャルでモデルがプールにとびこむのと同じ感じで、少しもひるまず倒れかかった。

一瞬、床にどーんとぶつかるかと思った。しかし、すんでのところでパートナーが頭と肩を受け止め、ぐいっと引き起こした。

「おーっ」と叫ぶ者。手をたたく者。

モリーもようやく笑いを見せる。そして女子学生に向かって語りかける。「君は目をつぶっていたね。そこがちがっていた。目に見えるものが信じられなくて、心に感じるものを信じなければならないときがあるんだ。他人から信頼してもらうには、こちらも相手を信頼してからねばならない――たとえ自分が暗闇の中にいようと。倒れるときでも」

第三の火曜日――後悔について

次の火曜日。例によって食料品の袋を持参する。コーン添えパスタ、ポテトサラダ、アップルパイ。それにもう一つ、ソニーのテープレコーダー。

話し合ったことをおぼえておきたいので、とモリーに言う。先生の声が聞けるように……あとで。

「死んでから」

そんなことおっしゃるもんじゃありません。

「だっていずれ死ぬんだよ。遅かれ、じゃない、早かれさ」とモリーは笑う。

新式の機械をためつすがめつして、「大きいもんだねえ」と感心する。ぼくは、記者にはよくあることで、あつかましいような気がした。そして、一応友だち同士になっているふたりの人間の間に録音機を置くのは、何か場ちがいなこと、人工の耳を介在させることのように思われてきた。モリーの時間をほしいと言っている人がたくさんいるのに、こちらは、せっかくの火曜日の値打ちをひどく下げるようなことをやっている。

ぼくはテープレコーダーを取り上げながら言った。先生、別にこれ使わなくてもいいんです。

もし、おいやなら……。

モリーは、待って、と指を振る。はずした眼鏡が首から下げたひもの先で揺れている。ぼくの目をまともに見すえて、「そこへ置きなさい」。

ぼくは言われるままに置く。

「ミッチ、わかっていないね。私は君に私の人生の話をしたいんだ。もう話ができなくなる前にしておきたいんだ」

おだやかな声が、ささやくように低くなる。「誰かに私の話を聞いてもらいたいんだ。いいかい？」

ぼくはうなずいた。

しばしの沈黙。

「さあ、回して」

ところで、実を言うと、テープレコーダーは、ただのノスタルジアではない。ぼくはモリーを失うわけだ。ぼくだけではない。みんなそう――家族も、友人も、教え子も、大学の同僚も、モリーが大好きだった政治討論グループの仲間も、ダンスのパートナーも。そして、テープ録音は、写真やビデオと同じように、死出の旅のスーツケースから何かを盗みとろうというせっぱつまった企てなのだ。

しかし同時に――モリーの勇気、ユーモア、忍耐、寛容を通じて――はっきりしてきたのは、モリーが人生を、ぼくの知っているほかの誰ともちがう場所から眺めていることだった。もっと健全な、もっと賢明な場所。そしてモリーは今にも死を迎えようとしている。

もし死をまっこうから見たときに、何かふしぎに澄みわたった心境になったとすれば、モリーはきっとそれをほかの人にも伝えたいと思うだろう。ぼくもそれをできるだけ長く心にとどめておきたかったのだ。

はじめて「ナイトライン」でモリーを見たときに思ったのは、死が迫っていることを知らされて、何が心残りだったか、ということだった。死んだ友だちのことが悔やまれるとか、もっとちがうやり方をすればよかったな、とか。自分に即していえば、もしぼくが同じ境遇になったらどうなるか。やれなかったことがあれこれ頭に浮かんで、悲しみにさいなまれるだろうか？　ずっと秘密を心の底に隠していたことが悔やまれるだろうか？

このことをモリーに伝えると、うなずいてこう言った。「それはみんなが気にすることだね。今日がこの世で最後の日だったらどうする？」そしてじっとぼくの顔をさぐる。たぶんそこに心の迷いを見てとっただろう。ぼくはこんな自分の姿を思い描いていた。ある日、机にばったり突っ伏している。原稿は半分しかできていないが、編集者がそれをかっさらっていく。医者がぼくの体を運ぶのにもかまわず。

「どうした、ミッチ」

ぼくは首を振るだけ。ひとことも出ない。そのためらいのあとをモリーがひきとる。

「今のような文化状況じゃ、死ぬ間際にならないとこういったことまで気が回らないね。みんな自分本位のことでがんじがらめだから。仕事のこと、家族のこと、かねは足りるか、借金は払えるか、新車を買うとか、暖房が故障したら直すとか——ただ暮らしをつづけるために数知れないことにかかわっていかなけりゃならない。これでは、ちょっと立ちどまって反省する習慣がつかないよ。これだけなのか？　自分がやりたいことはこれだけか？　何か抜けているんじゃないか？　と時には考えないと」

一息入れて、さらにつづける。

「君も、その方向に進めてくれる人が誰か必要だろう。ひとりでにそうはならない」

ぼくには先生の言いたいことがよくわかった。人間誰しも人生の教師が必要なんだ。

そして、ぼくの教師は——目の前に座っている。

そうだ。生徒になるんなら、できるだけいい生徒になろう。

帰りの飛行機の中で、人間として取り組まなければならない問題や疑問をリストにして書き出した。幸福、年をとること、子どもを持つこと、そして死。もちろん、こういった問題については、数えきれないほど案内書も出ていれば、テレビ番組から、一時間九十ドルの相談窓口までできている。アメリカはまるで自立補助の大特売場のおもむきだ。

しかし、そこにはまだはっきりした答えがあるようには思えない。他人に気を配るか、自分の「内なる子ども《インナーチャイルド》」に気を配るか？　伝統的な価値に復帰するか、伝統など無用と拒否するか？　成功を求めるか、質素を求めるか？　「ノーと言え」か「やっちまえ《ジャスト・ドゥ・イット》」か？

わかっているのはこれだけ——わが師モリーは、自立補助屋ではないということ。モリーは線路に立って死の機関車が発車の汽笛を鳴らすのを聞いている。そして人生で何が大切かについて実に明晰な考えを持っている。

ぼくはその明晰さがほしい。悩み苦しみを抱える人はみなそうだと思う。

「何でも質問して」とモリーはいつも言う。それでぼくはこんなリストをつくった。

死
恐れ
老い
欲望
結婚
家族
社会

許し
人生の意味

このリストをバッグに入れて、四度目のウェスト・ニュートン訪問をしたのは八月末の火曜日。ローガン空港の冷房が故障中で、人びとは腹立たしげにパタパタ風を入れ、額の汗を拭いていた。みな今にも誰かを殺しかねないような顔つきだった。

四年次が始まるときには、社会学の講義はもうたくさん取っていて、足りない単位はほんのわずかだったので、モリーに優等卒業論文を書いたらと勧められる。

ぼくが？　いったい何を書くんですか？

「何か興味を持っているものはないかい？」

ああでもないこうでもないとふたりで考えた末、落ち着いたのは、スポーツだった。フットボールがアメリカでどのようにして宗教と言ってよいほどの祭り、大衆の阿片にまでなったかを論ずる一年がかりの仕事にとりかかる。これがぼくの将来の仕事のトレーニングになろうとはつゆ知らず。ただわかっているのは、これでモリーの週一度の授業がもう一つ取れるということだった。

そして、モリーに助けられて、春には全一一二ページ、脚注文献目録付き黒革表紙の論文ができあがる。モリーにそれを提出したぼくは、はじめてホームランを打ってベースを回るリトルリーガーのように誇らしげな気持ちだった。

「おめでとう」とモリー。

ページをくるその姿に笑みを返しながら、ぼくは研究室にぐるっと視線を走らせる――本棚、堅木の床、中敷じゅうたん、長椅子。この部屋の座れる場所には全部座ったな、と思う。

「どうだろう、ミッチ」眼鏡の焦点を合わせながら読んでいるモリーが、思案にふけって口を開く。「こんなりっぱなものを書いているんだから、大学院に入るべきじゃないかな」

そうですねえ。

ぼくは失笑してしまったが、一瞬、まんざらでもない考えには思われた。ぼくの心の一部は、大学を離れるのがこわい。一部は向こう見ずに突っ走りたい。対立物の引っ張り合いだ。論文を読むモリーを見ながら、広い外の世界はどんなだろうと思いをはせる。

視聴覚教室——第二部

「ナイトライン」はモリーのその後を取り上げた。一つには、最初の番組に対する反響が大きかったためでもある。今回は、部屋に入ってくるカメラマンもプロデューサーもほとんど家族と変わりがない。コッペルも目に見えて温かくにこやかだった。前もって気持ちをほぐすことも不要、インタヴューのためのインタヴューも不要。

コッペルとモリーは、ウォーミングアップ代わりに子ども時代の話を交わした。コッペルはイギリス育ち、モリーはブロンクス育ちだ。モリーは長袖の青いシャツを着ている——外が三二度を超していても寒気がするらしい。一方、コッペルは上着を脱いでワイシャツ・ネクタイ姿。まるでモリーが一皮一皮はいでいくような感じがする。

「お元気そうですね」テープが回り始めてコッペルが口を切る。

「みんなそう言うよ」

「声もお元気そう」

「みんなそう言うよ」

「で、どうしてだんだん衰えていくとわかるんですか？」

モリーはため息をつきながら言う。「私以外の誰にもわからない。だけど、私にはわかるよ」

そして、話をしているうちに、それははっきりしてきた。論点をはっきりさせようと手を振ろうにも、もう最初のときのように自由に動かせない。ある単語が発音しにくくなっている——Lの音がのどにひっかかる。二、三か月もすれば、まったく話せなくなるだろう。

「私の気分はどうかっていうと、お客さんや友だちがいると、元気が出る。愛情のあるつながりが支えになるんだね。だけど落ちこむときもある。うそじゃない。何かがだめになっていくのがわかって、おそろしくなる。手が使えなくなったらどうしようとか、話ができなくなったらどうなるかとか。ものをのみこむのは、それほど気にしていない。チューブで栄養をとらせてくれるから、どうってことないよ。だけど、声と手はねえ。これは、私には絶対に必要なものなんだ。声で語り、手ぶりで示す。それがほかの人への私の伝え方だから」

「話ができなくなったら、ほかの人にどうやって伝えますか?」

モリーは肩をすくめる。「イエスかノーかの質問をしてもらうだろうな」

あまりに簡単な答えで、コッペルは笑ってしまった。つづいて沈黙についての質問。コッペルは、モリーの親友のモーリー・スタインのことを引き合いに出した。モリーの警句を最初に「ボストン・グローブ」紙に届けた人だ。ふたりは六〇年代の初めからブランダイスでいっしょに教えていたが、スタインは耳が聞こえなくなってきている。コッペルは、いつかふたりを会わせようと考えていた。一方は話ができない。一方は耳が聞こえない。どんなふうになるか?

「手をにぎり合う。それだけでお互いの間にたくさんの愛が流れるだろうな。だって、もう三十五年間もつづいている友情だもの。それを感じるのに、話をすることも聞くことも必要ない」

番組の終わりに、モリーはコッペルに一通の手紙を読んで聞かせた。最初の「ナイトライン」の放送以後、山のように手紙が届いていた。そのうちの一つはペンシルヴェニアの学校の特別クラスで教えている先生から来たもので、そのクラスの児童九人は全員、片親をなくしていた。

「それから、これが私の出した返事」

モリーはそろそろと眼鏡を鼻と耳にかける。「バーバラ様……お手紙を拝見してたいへん感動しました。親をなくした子どもを相手になさっているお仕事は、ほんとうに大事なものだと思います。私も小さいときに親をなくしました……」

カメラが回っているのに、突然モリーは眼鏡に手をやった。声をとめ、くちびるを噛み、こみ上げるものをおさえている。涙がほほを伝う。「子どものときに母が死にました。……たいへんな打撃でした。あなたがやっていらっしゃるようなグループがそのとき私にもあればよかった。あれば私も自分の悲しみをそこで話すことができたでしょう。きっと私もそのグループに加わりたかったと思います。なぜか……」

声がかすれた。

「……なぜかというと、私はそれほどさびしかった……」

「モリー、もうお母さんが亡くなって七十年ですね。まだつらいんですか？」

「もちろん」ささやくような声だった。

教授

八つのときだった。病院から電報が届いたが、ロシア人移民の父親は英語が読めなかったので、モリーがその知らせを告げなければならなくなった。母の死をクラスで何かを発表する生徒のように読み上げる。「まことにお気の毒ながら……」

葬式の日の朝、マンハッタンの貧民街ロウアー・イースト・サイドにある共同住宅の階段を親戚が降りていった。男性は黒のスーツ。女性はヴェールを被っている。学校へ行く近所の子どもたちが通りかかると、モリーはこんなところを見られるのが恥ずかしくて下を向く。おばのひとり、がっしりした体の女性がモリーの肩をおさえておいおい泣き始める。「お母さんなしであなたどうする？　どうなるのかしら？」

モリーもわっと泣きだし、学校の友だちは走り去った。

墓地で母の墓に土がシャベルで投げ入れられるのを、モリーはじっと見ていた。やさしい母とともに過ごした瞬間瞬間を記憶によみがえらせる。母は病気になるまでキャンディーの店を開いていたが、その後はやつれ衰えて、ほとんど窓際でねるか座ってばかりいた。ときどき息子に薬を持ってきてと大声で叫ぶのだが、外でスティックボール（手近な棒とゴムボールを使った野球）を楽しんでいるモリーは、聞こえないふりをしていた。心の中で、知らん顔をしていれば病気は遠くへ行くと思っていたのだ。

死に面と向かった子どもに、ほかにどんなやりようがあるだろう？

みんなからチャーリーと呼ばれていた父親は、ロシアの軍隊に入るところを逃げてアメリカへ来たのだった。仕事は毛皮関係だったが、しょっちゅう職にあぶれていた。教育はないし、英語はろくにしゃべれないしで、貧困の極み。一家はほとんどいつも福祉手当を受けていた。アパートは、キャンディー屋の裏の、暗くて狭苦しい気のめいるような場所。ぜいたく品はまったくない。車もない。モリーと弟のデイヴィッドは小づかいかせぎに、一回五セントでいっしょに外階段を洗っていた。

母の死後、ふたりはコネティカットの森にある小さなホテルに送られた。そこで数家族が大きな部屋を一つと台所を共有して暮らしていたのだが、空気がきれいだから子どもたちの体にいいだろうと親戚が考えたのだ。モリーもデイヴィッドもこれほどの緑は見たことがなく、野原を駆け回って遊んだ。ある晩、食事のあと散歩に出かけたところに雨が降ってきた。それでも家の中に入らず、何時間も水をはねちらかせて遊んでいた。

明くる朝、目をさまして、ベッドからとび出したモリーが弟に声をかける。

「おい、起きろよ」

「起きられないよ」

「なんだって？」

デイヴィッドの顔が恐怖にゆがむ。「動け……ないんだよ」

ポリオだった。

もちろん、雨に濡れたせいではない。しかし、モリーの年では、そこまでわかるのはむりというものだ。長い間――弟は専門の医療施設を出たり入ったりで、その後も脚の補装具が必要で歩行不自由になる――モリーは自責の念にかられた。

そこで、朝にはシナゴーグ（ユダヤ教会堂）に通うようになる――ひとりで。父親は信心深い人ではないのだ。そして、長い黒い衣を着て体を揺すっている男たちにまじって、死んだ母と病気の弟を見守ってくださいと神に祈るのだった。

午後には、地下鉄の階段の下に立って雑誌を売り歩き、かせいだかねはすべて食べものを買うため家にあずける。

夜には、黙々と食事をする父親をじっと眺めている。愛情のしるし、気持ちの通い合い、温かさを求めながら得られないまま。

九歳でモリーは、両肩に山のような重荷を感じていた。

しかし、次の年にはモリーの人生にも救いが訪れた。新しい義母のイーヴァである。イーヴァは小柄なルーマニア人移民で、縮れた髪は茶色、容貌は十人並みながら、元気は二人前。その輝きは、父親のかもしだす暗い雰囲気に温かみを与えた。夫が黙りこくっているときにも話を絶やさず、夜は子どもたちに歌をうたってやる。その柔らかい声、勉強の手伝い、強い性格がモリーには慰めとなった。弟が脚の補装具をつけて退院してきてからは、アパートの台所で車つきベッドにきょうだいいっしょにねることになったが、イーヴァは毎晩ふたりにおやすみのキスをしてくれた。モリーは、ミルクを待つ子犬のようにそのキスを心待ちにする。そして、心の奥深く、また母親ができたことをしみじみと感ずるのだった。

しかし、貧乏の魔手からは逃れようもない。今度はブロンクスに移り住んだ。トレモント街の煉瓦造りの建物にある一間のアパート。隣はイタリア人のビアガーデンで、夏の夜にはじいさんたちがボウリングをやっている。大恐慌で、毛皮の仕事はますます少なくなっていた。夜の食卓にイーヴァがパンしか出せないときもあった。

「ほかになんかないの?」とデイヴィッドがきく。

「なんにもないの」が答えだった。

モリーとデイヴィッドをベッドに押しこんで、イーヴァはイディッシュ語(中欧・東欧系のユダヤ人の間で話される言葉)の歌をうたって聞かせる。歌まで貧乏で悲しい。そのうちの一つ。タバコを売る少女の歌がある。

私のタバコを買ってちょうだい。
雨に濡れていませんよ。

私をあわれんでくださいな。

こんな境遇の中、モリーは愛と思いやりを教えこまれた。そして勉強することも。イーヴァは、学校の成績は優でなければ承知しない。貧乏を救う薬は教育だけと信じていたからだ。自分も英語上達のために夜学に通う。モリーの教育に傾ける愛情は、イーヴァの腕の中で産声をあげたのだった。

モリーは、夜、台所のテーブルでランプをたよりに勉強した。朝にはシナゴーグへ出かけて、母のためにイズコール——死者のための祈り——を唱える。思い出を生き生きと心にとめておくためだ。信じがたい話だが、モリーは、父から亡くなった母のことは口にするなと言われていた。チャーリーは、幼いデイヴィッドに、イーヴァを自分のほんとうの母親と思ってもらいたかったのだろう。

それがモリーには耐えがたいほどの重荷になった。何年もの間、母にまつわるただ一つのしるしは、死亡通知の電報だった。モリーはそれを病院から届いたその日に隠してしまっていた。そして、生涯ずっと手もとに置いておくことになる。

モリーが十代のとき、父親は自分が働いている毛皮工場に息子を連れていった。モリーにも仕事をもらおうという下心だった。

工場の中に入ったモリーは、たちまち壁が四方から迫ってくるような印象を受ける。部屋は暗くて暑く、窓には汚いごみがべっとり、所狭しと据えられた機械が、列車の車輪のようにぐるぐる回っている。毛が宙を舞って、空気はよどみ、毛皮を縫い合わせる職人が身をかがめて針を通している列の間を、工場長が早くしろとどなりながら、行き来する。モリーはほとんど息をすることもできなかった。恐怖に体をこわばらせて父のそばに立つ間、工場長にどなられませんようにと、ひそかに念じていた。

昼休みに、父はモリーを工場長のところへ連れていって、その前に押し出し、この子に仕事はありませんかとたのみこむ。しかし、おとなの労働者にも仕事が回りかねる時節だし、やめる人もいはしない。

モリーにしてみればありがたかった。こんなところはまっぴらごめんだった。ここで生涯守りつづけるもう一つの誓いをたてる。それは、他人を搾取するような仕事には絶対につかない、そして他人の汗でかねをかせぐようなまねはしない、ということだった。

「何になるつもり？」とイーヴァがたずねる。「わかんないよ」がその答え。弁護士はきらいだから、法律はおことわり。血を見るのがいやだから、医者も願い下げ。

「何になるつもり？」

ぼくが知る最良の教授は、ほかになるものがなくて教師になったのだった。

教師は未来永劫にまで力を及ぼす。影響がどこで止まるか、自分でもわからない

——ヘンリー・アダムズ

第四の火曜日――死について

「こういう考えを出発点にしよう。誰でもいずれ死ぬことはわかっているのに、誰もそれを信じない」

この日のモリーは、てきぱきと事務的だった。テーマは死。例のリストの最初の項目だ。ぼくが着く前に、モリーは白い紙に忘れないように二、三メモを書きとめていた。手が震えるので、もう当人以外誰にも判読できない。労働者の日《レイバーデイ》（九月第一月曜日）が間近で、仕事部屋の窓から裏庭の緑の生垣が見え、通りで遊ぶ子どもたちの声が聞こえてくる。学校が始まる前の最後の自由な週を楽しんでいる。

デトロイトでは、新聞スト参加者が祝日を期して大規模なデモの準備に大わらわ。経営者に組合の連帯を見せつけようという算段だ。来るときの機中で、ある女性が就寝中の夫と娘ふたりを射殺したというニュースを読んだ。「悪い人たち」から守るためだったとか。カリフォルニアでは、O・J・シンプソン裁判の弁護団が超有名人にのしあがっている。

ここモリーの仕事部屋では、人生が一日一日と貴重な時を刻んでいる。いっしょに座ったところからほんの一メートルほどへだてて、新しく備えつけられたものがある――酸素吸入器だ。小型で持ち運び可能、高さ三〇センチあまり。モリーが十分呼吸ができない夜など、長いプラスティックの管を蛭《ひる》よろしく鼻孔に取りつける。何にせよ器械につながれているモリーの姿など考えるのもいやで、つとめてそこから目をそらせていると、モリーがまたくり返して言う。

「誰でもいずれ死ぬことはわかっているのに、誰もそれを信じない。信じているなら、ちがうやり方をするはずだ」

みんな自分をだましているんですね。

「そのとおり。しかし、もっといいやり方があるよ。いずれ死ぬことを認めて、いつ死んでもいいように準備すること。そのほうがずっといい。そうしてこそ、生きている間、はるかに真剣に人生に取り組むことができる」

死ぬ準備なんて、どうすればいいんですか?

「仏教徒みたいにやればいい。毎日小鳥を肩に止まらせ、こう質問させるんだ。『今日がその日か？　用意はいいか？　するべきことをすべてやっているか？　なりたいと思う人間になっているか？』」

モリーは、実際に小鳥がいるかのように、ぐるりと首を肩のほうに向けた。

「今日が、私の死ぬ日かな？」

モリーはどんな宗教からもいいところを自由に取り入れた。生まれはユダヤ教だが、子どもの頃いろいろな目にあったことが一つの原因で、十代のとき不可知論者になった。仏教やキリスト教の哲学にもある程度共鳴するものの、依然、文化的にはユダヤ教に安らぎを感じている。宗教についてはいわば雑種で、そのことが長年教えてきた学生たちに対していっそう寛容な姿勢をとれるもとでもあったのだ。この世の最後の何か月でモリーの口から語られるもの、それはすべての宗教のちがいを超えている。死がそれを可能にする。

「実はね、ミッチ。いかに死ぬかを学べば、いかに生きるかも学べるんだよ」

ぼくはうなずいた。

「もう一度言っておこう。いかに死ぬかを学べば、いかに生きるかも学べる」そう言ってにっこり笑うモリーのやり方がぼくにはよくわかった。あれこれ質問してぼくが気まずい思いをすることを避け、要点をまちがいなくのみこめるよう気を配っている。それもモリーがすぐれた教師であるゆえんだった。

病気になる前に、死についていろいろ考えましたか？

「いいや。みんなとおんなじ。いつかある友だちに、元気にまかせて言ったことがある。『おれ、おまえが見たこともないような健康なじいさんになるぞ』」

おいくつのときですか？

「六十代」

ずいぶん楽天家でしたね。

「そうともさ。さっき言ったとおり、誰もいずれ死ぬことをほんとうに信じてはいない」

でも、みんな誰か死んだ人のことを知っているわけですよね。それなのに、どうして、死のことを考えるのがむずかしいんでしょう？

「なぜかっていうと、みんなまるで夢遊病者なんだな。われわれはこの世界のことを心底から十分に体験していない。半分眠っているから。やらなければいけないと思っていることを無反省にやっているだけだから」

死に直面すれば、すべてが変わる？

「そうなんだ。よけいなものをはぎとって、かんじんなものに注意を集中するようになる。いずれ死ぬことを認識すれば、あらゆることについて見方ががらっと変わるよ」

そして、はあっと息をつく。「いかに死ぬかを学べば、いかに生きるかも学べる」

手を動かすときに震えているのが目にとまった。眼鏡が首からだらんとぶら下がっていて、それを目の高さまで上げようとすると、こめかみを滑ってしまう。まるで暗い所で誰かほかの人に眼鏡をかけるような感じ。ぼくは手を伸ばして、耳につるをかけるのを助けた。

「どうもありがとう」ぼくの手が頭をかするとにっこり笑う。ほんの少しのふれあいでもたちまちうれしくなるのだ。

「ミッチ、ちょっと話したいことがあるんだけど」

どうぞ、どうぞ。

「いやかもしれないよ」

そんなことないですよ。

「じゃ、はっきり言おう。もし君が肩に乗った小鳥の声を聞くとする。いつ何どき死んでもおかしくないことを受け入れるとする——そうすると君は、今みたいな意欲を持てなくなるんじゃないかな」

つくり笑いをするぼく。

「今、ずいぶん時間を費やしていること、やっている仕事——そういうものがすべて今ほど大切とは思えなくなるんじゃないか。何かもっと精神的なもののために場所をつくらなければならなくなるかもしれない」

精神的なもの？

「きらいなんだね、その言葉。『精神的』っていうの。『ふれあい感じあい』のたぐいだと思っているんだろ」

うーん、そうですねえ。

モリーはウィンクしようとするが、うまくいかない。ぼくはがまんできなくなって笑い出した。モリーもいっしょに笑う。

「ミッチ、私だって『精神的発達』とはどういう意味なのか、ほんとのところはわからないよ。だけど、われわれみんなどこか足りないものがあることはわかる。こんなに物質的なものに取り囲まれているけれども、満たされることがない。愛する人たちとのつながり、自分を取り巻く世界、こういうものをわれわれはあたりまえと思って改めて意識しない」

モリーは、日がさしこんでいる窓のほうをあごで示す。「あれね。君はあそこへ出ていける、いつでも外に出られる。通りを行ったり来たり、走って大騒ぎもできる。私はだめなんだ。外へ出られない。走れない。出れば気分が悪くなるのが心配だ。だけど、わかるかな？　私はあの窓を、君なんかよりよっぽど鑑賞しているよ」

鑑賞？

「そう。私は毎日あの窓から外を見る。樹木の様子が変わるのがわかる。ずいぶん風が吹いているなとか。時間が実際に過ぎていくのが窓を通して見えるような気がするよ。自分の寿命がほとんど尽きているために、かえって自然を見るのはこれがはじめてみたいに引きつけられるんだな」

そこで言葉を切った。ぼくたちはしばらくの間ただ窓の外を眺めるばかりだった。ぼくは、時間を、季節を、自分の人生がスローモーションで過ぎていくのを見ようとした。モリーはかすかに頭を落とし、肩のほうに回す。

「今日なのかな、小鳥さん？　今日かい？」

世界じゅうから手紙が続々と届いていた。「ナイトライン」に出たおかげだ。モリーは、できるときには、座って、「手紙書き」に集まった友人や家族にその返事を口述する。

ある日曜日、息子のロブとジョンも家にいるとき、全員が居間に集まった。モリーは車椅子に座り、細い脚を毛布にくるんでいる。寒くなると、ヘルパーのひとりがナイロンのジャケットを肩にかけてやる。

「最初の手紙は何だい？」とモリー。

同僚教授が読んで聞かせたのは、ALSで母親をなくしたナンシーという女性からのもので、母が死んでとても悲しい、モリーもさぞかし悲しいだろうという趣旨だった。

読み終わると、モリーは「よろしい」と言って目を閉じる。「ええと、書き出しはね、『ナンシー様、母上のお話にたいへん感動しました。あなたが経験されたことはよくわかります。お互いに悲しみと苦しみがあるわけです。心ゆくまで嘆き悲しむことが私にはよかったので、あなたにもそうであったことを希望します』」

「最後のところ、ちょっと変えたらどうかな」とロブが言う。

モリーはしばらく考えてから、「そうだな。こういうのでどうだろう。『悲しむことには癒《いや》しの力があります。あなたもその力を見つけてください』いいかな？」。

ロブはうなずいた。

「それから『お手紙ありがとうございました、モリー』と書いておいて」

次に読んだのはジェインという女性の手紙。「ナイトライン」でインスピレーションを与えられたお礼で、モリーのことを「預言者」と呼んでいる。

「こりゃすごいほめ言葉だ、預言者ねえ」と同僚が声をあげる。

モリーは顔をしかめた。気に入らない様子だった。

「そのおほめには、お礼を申し上げておこう。そして、『私の言葉がお役に立ったようで喜んでおります』と書いておいて」

それから『ありがとうございました、モリー』のサインを忘れないように」

イギリスの男性からは、死んだ母親と霊界で接触するのを助けてほしいという手紙。ボストンまで行ってお目にかかりたいという夫婦の手紙。昔の教え子からは、卒業後の人生を記した長い手紙が来ていた。内容は人を殺したあと自殺するとか、子どもを三人死産したとか、母親がALSで死んだとか。そして、自分もその母の子どもだから同じ病気にかかるのではないか、などなど。次から次へと、二枚、三枚、四枚と書きつづっている。

この綿々たる暗い話をモリーはじっと聞いていたが、ようやく読み終わると、静かに口を開く。

「さて、何と返事しよう？」

座はしーんとした。ようやくロブが言う。「『長いお手紙ありがとうございました』にすれば？」

一同大笑い。モリーも息子を見やって、喜色満面だった。

椅子のそばに広げた新聞の写真に、シャットアウトを演じたボストンのピッチャーの笑顔が出ている。モリーは、病気が数ある中で、よりによってスポーツマンの名前のついた病気にかかったわけだ、と心ひそかに思う。

ルー・ゲーリッグのことおぼえてますか？

「スタジアムでさようならって言ってたっけ」

それならあの有名なせりふ、おぼえてますよね？

「どの？」

ほら、ルー・ゲーリッグですよ。「ヤンキーズの誇り」の。スピーカーから響き渡ったあの演説。

「思い出させてよ。その演説やってみて」

開けた窓からごみ収集車の音が聞こえてくる。暑いのに、モリーは長袖を着て、脚に毛布をかけている。肌が青白い。進行する病状。

ぼくは声を張り上げ、ゲーリッグの口まねをする。言葉がスタジアムの壁に反響したあのとき。「きょう私はぁー地球上でぇーいちばんしあわせなぁー男のようにぃー思いまぁーす……」

モリーは目を閉じ、ゆっくりうなずく。

「そうか。私はそれを言ってなかったな」

第五の火曜日――家族について

九月の第一週、学校にもどってくる週。大学の教壇に立って三十五年、この年わが老教授を待つクラスはなかった。ボストンは学生であふれんばかり。横町に二重駐車し、トランクをおろしている。そしてモリーは、ここ自分の書斎に座ったまま。何かこんなことがあってはいけないような感じがする。フットボールの選手がついに引退に追いこまれて最初の日曜日、テレビでゲームを見ながら、おれだってまだあれぐらいできると思っているような。ぼくはこういう選手を取材するうちに、シーズンがまた始まったときにはそっとしておいてやるのにかぎることを悟っていた。何も言わないこと。もっとも、モリーには時間がますます乏しくなっていることを思い出させるまでもなかったが。

会話を録音するのに、手持ちのマイクを使うのをやめ――もうモリーには何にせよ長い間持っていることがむずかしい――テレビでおなじみのクリップがついた小型マイクに切り替えた。それを襟《えり》や折返しにつけるわけだ。もちろんモリーは、どんどん小さくなる体に柔らかい綿のシャツをゆったりひっかけているだけだから、マイクはだらんとぶら下がって揺れてしまう。たびたびぼくが手を伸ばして調整しなければならない。モリーはそれがうれしいらしかった。ぼくの体がすぐそばに寄ってきて、抱き合えるような位置になるからで、モリーは身体的な愛を求める気持ちがますます強くなっていた。かがみこむと、モリーのひゅうひゅう鳴る息の音と弱々しい咳が聞こえた。モリーは軽くくちびるを鳴らして、ごくりと唾をのみこむ。

「さてと、今日は何の話だったかな？」

家族はどうでしょう？

「家族ね」しばらく考えているふうだったが、「いいだろう。ご覧のとおり、私の家族はみんなまわりにいる」。

頭で示す書棚にはずらりと写真が置いてある。祖母と並んだ子ども時代のモリー、弟のデイヴィッドと並んだ青年時代のモリー、モリーと妻のシャーロット、モリーとふたりの息子——東京在住のジャーナリスト、ロブとボストンにいるコンピューター技術者ジョン。

「ここ何度か話したことを考え合わせると、家族っていうのは一段と重要になると思う。

実際の話、人びとがよりどころにする根拠というか、基盤というか、それが今日では家族以外には何もないんだよ。病気にかかってからそのことがはっきり感じられるようになった。家族から得られる支えとか愛とか、思いやりとか気づかいとかがなければ、人にはほかに何もないようなものだ。愛は最高に大事なもの。あのすばらしい詩人のオーデンが言ってるよ、『互いに愛せよ。さなくば滅びあるのみ』」

「互いに愛せよ。さなくば滅びあるのみ」ぼくは書きとめた。オーデンがそう言ったんですか？

「互いに愛せよ。さなくば滅びあるのみ。いいねえ。まさにそのとおりさ。愛がなければ、われわれは羽をもがれた鳥も同然。

かりに私が離婚しているか独り身か、あるいは子どもがいなかったとする。そのときは、今経験しているこの病気ははるかにきびしいものになるだろうな。耐えられるかどうか怪しいよ。たしかに、友だちとか知り合いとか、いろんな人が見舞いに来てはくれるだろうけれど、ここを離れない人がいるのと同じではない。誰かこっちに気を配って、始終見守ってくれる人がいるのと同じにはならない。

家族っていうのはそういうものなんだ。単に愛だけじゃなくて、見守っている人がいますよ、とわからせてくれること。母が死んだときには、それがなくなったことがほんとにつらかった。『精神的な保護』とでも言うかな。そこに家族がいて見守ってくれているっていうことね。それを与えてくれるものはほかに何もないんだよ。かねもだめ、名声もだめ」

モリーはこちらをちらと見て、もうひとことつけ加える。

「仕事もだめ」

子どもを育てるというのは、例のリストにあげた問題の一つ――つまり、手遅れにならないうちにきちんと片づけておきたいことの一つだ。子どもを持つことについてぼくらの世代が抱えているジレンマを、モリーに話した。子どもがいると縛られるとか、「親」なんてものになりたくもないのにならされてしまうとか。ぼく自身にもそういう気持ちがある。

ところが、モリーを見ていると、自分が同じ境遇になって、死を間近に控え、しかも家族、子どもがいないとしたら、その虚しさに果たして耐えられるだろうかという気がしてくる。モリーは愛し気づかってくれる息子をふたり育てた。そしてふたりともモリーと同じように他人に愛情を示すことを恥ずかしがらない。もしモリーが望めば、その最後の数か月の一分一秒までもともにするために、今している仕事を辞めるだろう。しかしそれはモリーの望むところではない。

「自分の生活を捨てるんじゃないよ」とモリーは息子たちに言う。「そんなことしたら、三人共倒れになる」

こんなふうにモリーは、死が迫っても子どもたちの世界を尊重していた。みんながいっしょに座っているとき、雨のように愛情が注がれ、キスやジョークが交わされ、くり返しベッドの脇にかがんでは手をにぎり合っているのに、少しもふしぎはない。

「子どもを持とうか持つまいかときかれたら、どうすべきだとは決して言わないことにしているんだ」モリーは長男の写真に目をやりながら語る。「ただ、『子どもを持つのと同じような経験はほかにないですよ』とだけは言う。ほかに代わりはないんだ。友だちも恋人も代わりにならない。ほかの人間に対して完全な責任を持つという経験をしたければ、そして、この上なく深い愛のきずなをいかに築くかを知りたければ、ぜひ子どもを持つべきだね」

じゃあ、もう一度やってもいいと思いますか？

ぼくは写真をちらと見た。ロブがモリーの額にキスし、モリーは目をつぶって笑っている。

「もう一度するかって？」びっくりしたような顔つきだった。「ミッチ、何があったってこの経験をなくしたくはないだろうよ。たとえ……」

モリーはぐっと唾をのみ、写真を膝の上に置いた。

「たとえ、どんなつらい代償を払わなければならなくとも」

別れなければならないってことですか？

「い、い、もうすぐ別れなければならなくとも」

モリーはくちびるを引き締め、目を閉じる。ほほを一しずくの涙が伝って流れた。

「さあ、今度は君が話す番だ」

ぼくが？

「君の家族さ。ご両親のことは知っている。もう何年も前、卒業式でお目にかかったっけ。たしか女のきょうだいもいたね？」

ええ。

「お姉さん？」

そうです。

「それから、男のきょうだいがひとり？」

ぼくはうなずく。

「弟さん？」

弟です。

「私とおんなじだ。私にも弟がいる」

先生とおんなじです。

「卒業式に弟さんも来てたね」

ぼくは目をしばたたいた。十六年前のみんなの姿がまぶたに浮かぶ。暑い日ざし、青いローブ、まぶしそうに互いに腕を回し、インスタントカメラに向かってポーズをとる。「いーち、にい、さあーん」

「どうした？」突然の沈黙にモリーがけげんそうな声をあげる。「何、考えてるんだ？」

いいえ、何も、と答えて話題を変える。


実はこういうことだ。たしかにぼくには弟がいる。二つ年下で髪はブロンド、目は薄茶色、ぼくや髪の黒い姉とはあまりに似ていないので、きっと赤ん坊のときによその人がうちの玄関先に置いていったんだ、とよくからかったものだ。「そのうち引き取りに来るよ」そう言うと弟は泣き出したが、それでもからかうのをやめなかった。

弟は、末っ子の常で、甘やかされ、大事にされ、内心苦しみを抱えながら成長した。俳優か歌手になるのが夢で、夕食時にはテレビのショーで見た役柄を片っ端から演じて見せ、明るい笑みが口もとからこぼれ落ちんばかりだった。ぼくはいい生徒、弟は悪い生徒。ぼくは規則に従い、弟は規則を破る。ぼくは麻薬もアルコールも受けつけない、弟は口に入るものなら何でも手あたり次第。高校を出てほどなく、ヨーロッパのほうが気ままな生活ができてよさそうだと、海を渡っていってしまった。それでも家族の人気者で、うちへ帰ってきたときには、おもしろおかしく騒いでいる。それを目の前にして、ぼくは自分が頭の固い、しゃちこばった人間のような感じがした。

これほどちがうのだから、おとなになったらふたりの運命はまったく反対の方向に進むだろうと思っていた。予測はすべてあたった、一つを除いて。おじが死んだときから、ぼくは自分も同じような死に方をするだろうと固く信じていた。思わぬ若さで病魔にとりつかれてこの世からおさらばするだろう、と。それでわき目もふらずに仕事をし、癌なにするものぞと身を引き締めた。その息づかいが感じられる、近づく気配がする。執行吏が来るのを待つ死刑囚のように、ぼくは待った。

そのとおり、それはやってきた。

ところが、的をはずした。

あたったのは――弟だった。

おじと同じタイプの癌。膵臓癌でめったにない型のもの。こうして、髪はブロンド、目は薄茶色の、家族の中で最年少の人間が、化学療法と放射線治療を受けることになる。髪は抜け落ち、顔は骸骨のようにやつれた。ほんとうはぼくのはずだったんだ、と思った。しかし、弟はぼくとはちがう、おじともちがう。弟はファイターだ。ごく幼いときからそうで、地下室で取っ組み合いをしたときには靴の上から嚙みつかれ、思わず痛いっと叫んで離してしまった。

このときも同じ。スペインで病気相手に闘った。アメリカでは手に入らなかった——今でもだめ——薬が実験的に使われていたので、スペインで暮らしたのだ。治療のためにヨーロッパじゅうを飛び回った。五年間治療をつづけ、その薬のおかげで癌を追い払うことができたようだった。

それはいいニュースなのだが、悪いニュースもある。弟はぼくを寄せつけなくなった。ぼくだけではない、家族の誰も。何度も電話したり訪ねたりしようと思ったのだが、病気との闘いは自分ひとりでやらなければいけないと言い張って、受けつけようとしない。何か月も音信不通で、留守番電話にメッセージを入れてもなしのつぶて。ぼくは、弟のためにするべきことをしてやれない罪の意識にさいなまれ、その権利を認めてくれない弟の仕打ちに腹も立った。

それでさらに仕事に没頭することになる。仕事をするというのは、仕事なら自分でコントロールできるから。仕事は聞きわけがよく、こちらの要求にこたえてくれるからだった。そして、スペインのアパートに住んでいる弟に電話をかけては、留守電の応答が返ってくるたびに——それがスペイン語であることも、どれほどふたりが離れているかのしるし——受話器を置いて、また仕事にとりかかるのだった。

このことが、モリーに引き寄せられた一つの理由かもしれない。弟は受け入れようとしないのに、モリーは受け入れてくれる。
ふり返ってみると、モリーははじめからお見通しだったのかもしれない。

子ども時代のある冬の日、うちの近くの雪のつもった丘での出来事。ぼくと弟はそりに乗っていた。弟が上でぼくが下。肩に弟のあごが、膝の裏に弟の脚が当たっているのが感じられる。そりはところどころ凍った斜面をごろごろ突っ走り、くだるにつれてスピードを増していく。

「車だぞ」と誰かの叫ぶ声。

見れば左手の道路を車がこちらに向かってやってくる。悲鳴をあげて舵をきろうとしたが、そりはいうことをきいてくれない。ドライバーはクラクションを鳴らし、ブレーキを踏む。ぼくらは、子どもが誰しもやるとおり、そりからとび降りる。フード付きのパーカを着たまま冷たいびしょびしょの雪の上を丸太みたいにころがりながら、次に体にさわるのは車の硬いゴムのタイヤかと観念する。「あーーーーーっ」と声をあげ、恐怖で身がうずく。でんぐり返り、天地はさかさまになって……。

無事だった。体が止まって、息をつき、顔の雪をぬぐう。だめじゃないかと指を振りながら通りを走り去るドライバー。助かった。そりは雪の土手にどさっと突っこんでいた。友だちが背中をたたいて言う。「すげえ。もうちょっとで死ぬところだったぜ」

ぼくは弟の顔を見て、にっと笑った。子どもらしい誇りに一つに結ばれた感じ。たいしたことなかったなと思う。そして、死を相手に、もういっぺんかかってくるならこい、というような気になる。

第六の火曜日——感情について

アメリカシャクナゲとイロハカエデの前を通り、モリーの家の青い石段を昇っていく。白い雨樋が玄関口に蓋のようにぶら下がっている。ベルを押すと、迎えに出てきたのはコニーではなく、モリーの奥さんのシャーロットだった。踊るような調子の声で話すこのグレーの髪の美しい女性は、ぼくが来るときはいないことが多い。モリーの希望でＭＩＴ（マサチューセッツ工科大学）での仕事を辞めずにつづけているのだ。だからこの朝は会ってびっくりした。

「モリーは、今日はちょっと具合が悪いんですよ」と言いながら、ぼくの肩越しにしばらく遠くを見つめていたが、やがて台所に向かって歩き出した。

じゃあ、悪かったですね。

「いえ、いえ、お目にかかれば喜ぶでしょう」とシャーロットはあわてて答える。

そして「きっと……」と言いかけたまま、首をちょっと回して耳を澄ましている。

「きっと……あなたがおいでになったことがわかれば、気分がよくなると思いますよ」

ぼくはスーパーの袋を持ち上げて、いつもの食料補給、と冗談半分に言ったが、シャーロットはにこっと笑いながら、同時に困ったような様子も見せた。

「食べるものはたくさんあるんですよ。モリーはこの前のものなんにも食べていないの」

　これには驚いた。

　なんにも食べていないんですか？

　シャーロットが開けた冷蔵庫をのぞくと、チキンサラダ、ヴァーミセリ、野菜などを入れたおなじみの容器が、前に持ってきたままそっくり残っている。フリーザーを開けると、そこにはもっとたくさんあった。

「モリーはこういうものはほとんどいただけなくなってね。固くてのみこめないんですよ。今は軟らかいものと飲みものだけ」

　でも、何もおっしゃいませんでしたよ。

　シャーロットはほほえみながら、「あなたの気持ちを傷つけたくないんでしょ」。

　傷つくなんてことありませんよ。ぼくは何かの形でお手伝いしたいと思っただけなんです。つまり、何か持ってきてあげたいと……。

「ええ、持ってきてくださっているじゃない。モリーはあなたのいらっしゃるのを心待ちにしているんですよ。あなたのこのプロジェクトをやらなくちゃいけないとか、それに全力を注いで、そのための時間をとっとかないと、とか言って。それ、彼にとてもいい目的意識を与えていると思うの……」

　シャーロットはまたぼんやりとした表情になった——どこかよそから来るものに波長を合わせ

ているような。モリーの夜の時間がきびしいものになっていること、モリーがよく眠れず、つまりはシャーロットもよく眠れなくなっていることは、ぼくにも察しがついた。時にはモリーは、何時間も咳きこんで起きている――痰がなかなか切れないのだ。今は、夜もずっと介護者が泊りこんでいるし、昼間は昼間で昔の教え子、大学の同僚、瞑想の先生など、大勢の来客が家を出たり入ったりしている。訪問者が五、六人いる日もあって、シャーロットが仕事から帰ってもまだいるというようなことにもなる。モリーといっしょに過ごす貴重な時間がこういうよその人間に吸いとられるわけだが、シャーロットは辛抱強く対処していた。

「……目的意識。そう、それがいいのよ」と彼女は言葉をつづける。

そうあってほしいですね。

ぼくは新しい食料品を冷蔵庫に入れるのを手伝った。台所のカウンターには、メモやメッセージ、通知、医療指示のたぐいが所狭しと並んでいた。テーブルの上には、今までになくたくさんの薬瓶――喘息用のセレストン、催眠剤のアティヴァン、抗炎鎮痛剤のナプロクセン――それに粉ミルクや緩下剤《かんげざい》も置いてある。廊下からドアの開く音が聞こえてきた。「もうお会いできるかも……見てきましょう」

シャーロットはまたちらとぼくが持ってきた食料品に目をやった。モリーにはもうありがたくないもののかずかずに、ぼくは突然恥ずかしさをおぼえた。

モリーの病気のちょっとした発作がだんだんひどくなる。ようやくいっしょに腰をおろしたとき、モリーはいつもよりひどい咳をしていて、その空咳で胸が震え、首が前に突き出る。一つ大波が来たあとやっと止まって、モリーは目を閉じ、息をつく。元気を取りもどそうとしているのだろうと思って、ぼくは静かに座っていたのだが、突然声をかけられる。

「テープは回っているの？」目はまだ閉じたままだ。

はい、はい、とあわてて録音ボタンを押す。

「今、私がやっているのは」——まだ目は閉じたまま——「経験から自分を引き離すっていうことなんだ」

自分を引き離す？

「そう。自分を引き離す。これが大事なんだよ。私みたいに死にかけている人間だけでなく、君みたいに健康そのものの人にとっても。引き離すことを学べ、だ」

モリーは目を開いて、大きく息を吐いた。「仏教徒がよく言うじゃないか、物に執着するな、諸行無常だからって」

ちょっと待ってください。先生、いつもおっしゃってたじゃありませんか、人生を経験せよって。よい感情も、悪い感情もすべて。

「そうだよ」

じゃあ先生、自分を切り離して、どうしてそんなことができるんですか？

「ははあ、考えたね、ミッチ。だけど、切り離すっていうのは、経験を自分の中にしみこませないことじゃない。むしろその反対で、経験を自分の中に十分にしみこませるんだよ。そうしてこそ、そこから離れることができる」

　わけがわからなくなった。

「何でもいい、ある感情を例にとろう。女性への愛でも、愛する者を失った悲しみでも、私が今味わっているような死にいたる病による恐怖、苦痛でもいい。そういった感情に尻ごみしていると——つまり、とことんそれとつき合っていこうという考えを持たないと——自分を切り離すことはできない。いつもこわがってばかりいることになる。痛みがこわい、悲しみがこわい、愛することにつきものの傷つくことがこわい。

　ところが、そういった感情に自分を投げこむ、頭からどーんととびこんでしまう——そうすることによって、その感情を十分に、くまなく経験することができる。痛みとはどういうものかがわかる。愛とは何かがわかる。悲しみとは何かがわかる。そのときはじめてこう言えるようになるんだ。『よし、自分はこの感情を経験した。その感情の何たるかがわかった。今度はしばらくそこから離れることが必要だ』」

　モリーはそこで言葉を切って、こちらに視線を注いだ。ちゃんとわかっているかどうか確かめたかったのだろう。

「これは死ぬことについての話だと思っているだろうね。だけど、いつも言ってるとおり、いかに死ぬかを学べば、いかに生きるかを学べる、だ」

モリーは、いちばんおそろしい瞬間のことを話してくれた。咳がこみ上げてきて胸が締めつけられるような気がするとき、次の息をどうついていいかわからないとき——こういうときはぞっとする、と言う。まず最初に味わう感情は恐怖と不安。しかし、その感触がつかめると——その性質、湿り気、背中を伝う震え、頭の中を走る熱い閃光を実感すると——「よし。これが恐怖っていうものか。では一歩さがって、さがって」と言えるようになるのだそうだ。

日常の生活の場で、これが必要になることがどれほどあるだろう、とぼくは思った。ぼくらはさびしくてたまらなくて、涙が出そうになっても、涙をおさえてしまう。泣くのはおかしいとされているからだ。相手に愛のたかまりを感じても、何も言わない。その言葉でふたりの関係がどうかならないかと心配でたまらないからだ。

モリーのやり方は正反対。蛇口を開ける。その感情で体を洗う。ちっとも痛くない。役に立つことばかり。着なれたシャツみたいに体につけてしまえば、「よし、たかが恐怖じゃないか。そんなものに支配されてたまるか。その素顔を見てやろう」と言ってのけられる。

さびしさについても同じこと。おさえるな、涙の流れるままにまかせろ、とことん味わえ——そうすればやがてこう言えるようになる。「よし、さびしさと同居の時間は終わった。もうさびしいのはこわくない。さびしさは脇へどけて、世の中にはほかにも感情がいろいろあることを知って、それも同じように体験することにしよう」

「離れるんだ」モリーはまた言った。

目を閉じ、咳をする。

また咳。

また咳。もっと大きな音。

突然、息がつまったようになる。肺の血がまるでモリーをじらすように上へ上がったり、下がったり、呼吸をかすめ取ってでもいるのか。モリーはゲーゲーのどを鳴らし、はげしく空咳をし、顔の前で手を振る。目を閉じ、何かにとりつかれたよう。ぼくの顔から汗がどっと出てきた。思わずモリーの体を前に引いて、背中をたたく。モリーは口にティッシュをあて、痰の小さなかたまりを吐き出す。

咳が止まり、モリーは枕に倒れこんで息を吸いこむ。

大丈夫ですか、大丈夫ですか？　ぼくは不安をひた隠しにして声をかける。

「ああ、大……丈夫」ささやくような声。立てた指が震えている。「ちょっと……待ってくれ」

呼吸がもとにもどるまで、ぼくらは静かに座っていた。頭に汗をかいている感じがする。モリーが窓を閉めてくれと言う。そよ風が寒いのだ。外の気温が二七度であることは黙っていた。

とうとうモリーはささやくように言った。「私が死ぬときはね……」

黙ってその先を待つ。

「静かに、おだやかに、死にたいな。今みたいなのはいやだよ。

ここで自分を引き離すことが必要になってくる。今みたいな咳の発作の最中に死ぬとすれば、その恐怖から自分を引き離さないといけない。『いよいよ最期だ』と言えるようでないといけないわけさ。

おたおたこの世を去りたくはない。何が起こっているかちゃんとわきまえ、受け入れ、安らかな境地になって、そこで思い切る。わかるかい?」

ぼくはうなずいた。

まだ思い切らないでくださいよ、といそいでつけ加える。

モリーはしぼり出すような笑いを浮かべた。「そう。まだまだ。私たちにはまだすることがあるからね」

生まれ変わりを信じていますか?

「まあね」

次は何になりたいですか?

「選べるんなら、ガゼル」

ガゼルですって?

「そう。優雅だし、速いし」

ガゼルねえ。

「おかしいかい？」とモリーはほほえむ。

ぼくはモリーの小さく縮んだ体、だぶだぶの服、ソックスにくるんでフォームラバーのクッションにのせた足、足かせをはめられて動けない囚人のようなその姿を仔細に眺める。そして砂漠を駆けるガゼルを思い描く。

いいえ、ちっともおかしくありませんよ。

教授——第二部

ぼくの知っているモリー、ほかの多くの人が知っているモリーは、ワシントンＤＣの郊外にあるチェスナット・ロッジという名前ばかり平和っぽい精神病院で何年か働いた経験がもしなかったら、まったく別の人間になっていただろう。これはシカゴ大学で修士号と博士号を取ったあとはじめてついた職の一つだった。医者も法律も会社勤めもおことわりのモリーは、研究の世界こそ他人を搾取することなく貢献できる場と思い定めたのだ。

そして、精神病患者を観察し、その治療を記録する許可を得る。この着想は今でこそ珍しくないが、五〇年代初めとしては、画期的なことだった。一日じゅう金切り声をあげる患者がいた。一晩じゅう泣き叫ぶ患者がいた。下着を汚す患者がいた。頑として食べようとしない患者、おさえつけて、点滴による薬剤投与と栄養補給をしなければならない患者もいた。

そのうちのひとり、中年の女性は、毎日自分の部屋から出てタイルの床にうつ伏せに何時間もねており、医者も看護婦もそれをよけて通っている。モリーはおそろしげに眺めながら記録をとる。それがそこでの仕事だった。毎日その患者は同じことをやっている。朝、部屋を出て、床にねる。夕方までそのままのかっこうで、誰にも話しかけず、誰からも無視される。モリーはそれが悲しかった。彼女がねている床に座り、そばにねるまでして、何とかみじめな状態から引き出そうとこころみる。とうとう、彼女を座らせ、部屋にもどらせることまでできた。モリーにはわかった。彼女がいちばん望んでいたのは、多くの人が望むことと同じ――誰かに彼女がそこにいることを認めてほしいのだった。

チェスナット・ロッジでは五年間働いた。勧められたわけではないが、患者と仲よくもなった。その中のひとりの女性は、モリーに、この病院にいられてしあわせだと冗談まで口にする。

「夫はお金持ちでここでもおかねが払えるの。私が安っぽい病院になんかいられると思う？」

もうひとりの女性――誰かれかまわず唾を吐きかける人――は、モリーのことが気に入って、私のお友だちと呼んでいた。ふたりは毎日話し合っていたので、スタッフ一同、やっと彼女に話が通じる人ができたと力づけられた。ところがある日のこと、その女性が脱走してしまい、モリーは連れもどすのに手を貸してくれとたのまれる。職員があとを追っていくと、女性は近所の店の奥に隠れていた。そして、入ってきたモリーを見るなり、怒りに燃えた目を向けてののしるのだった。

「やっぱりあんたもお仲間なのかい？」

「仲間って、誰の？」

「看守たちのさ」

モリーは、そこにいる患者がほとんどみな、毎日の生活で拒否され、無視され、存在しないも同然の気持ちを味わっていることを見てとった。彼らには周囲の思いやりも欠けている。職員は早々にそんなものはなくしてしまう。また患者の多くは裕福な家庭に生まれ、経済的に恵まれているのだ。つまり、かねでは幸福や満足は買えないということで、モリーには忘れることのできない教訓だった。

ぼくはモリーに、六〇年代べったりですね、と言ってよくからかったものだ。するとモリーは、六〇年代だって今の時代にくらべれば悪くないよと答えるのだった。

モリーが精神衛生関係の仕事を終えてブランダイスにやってきたのは、六〇年代が始まる直前のこと。数年もしないうちにキャンパスは文化革命の温床となった。麻薬、セックス、人種問題、ヴェトナム反戦。アビー・ホフマンはブランダイスの学生だった。ジェリー・ルービンもアンジェラ・デイヴィスもそう（三人とも当時の反戦・政治運動家。ホフマンは六八年の民主党大会を妨害して逮捕された「シカゴ・セブン」のひとり。ルービンはホフマンと共に青年国際党を設立。デイヴィスは公民権運動の活動家）。モリーのクラスには「過激派」学生が大勢いた。

その理由は、一つには、社会学部がただ教えるだけでなく、運動に深くかかわっていたことによる。たとえば、社会学部は強烈な反戦派だった。教授たちは、一定の平均成績評点を取っていない学生は徴兵延期の特権を失うことがあると知ると、何も成績をつけないことに決めた。そして大学当局が「この学生たちは成績がつかないと、全員落第になる」と言ってくると、モリーは逆に「全員オールAにしよう」という解決策を出して、実際にそのとおりになったのだ。

六〇年代は大学を開放すると同時に、モリーの学科のスタッフも開放した。ジーンズにサンダルばきで仕事に来ることに始まり、授業に対する考え方も、生き生きと活気のあるものにしようという方向に変わった。講義よりも討論を、理論より実地の経験を重視する。学生たちを、公民権問題では深南部諸州《ディープサウス》へ、フィールドワークのためには都心部の貧困地区へ送り出す。抗議デモでワシントンにくり出しもする。モリーはよく学生といっしょにバスで出かけたものである。あるときは、長いスカートをはき平和と愛の象徴のビーズのネックレスをつけた女性の一群が兵士の銃口に花を挿してから、手をつないで芝生に座り、ペンタゴン(アメリカ国防総省)を空中浮揚術で動かそうとしているのを、楽しげに眺めていた。

のちにモリーはそのときのことを思い出して言った。「彼女たちはペンタゴンを動かせはしなかったけれど、なかなかいいことをやっていたよ」

黒人学生のグループがブランダイス大学のフォード・ホールを占拠して、「マルコムX大学」とでかでかと書いた垂れ幕を下げたことがある。フォード・ホールには化学実験室があって、大学当局には、あの過激派は地下室で爆弾をつくるのではないかと懸念する人がいた。モリーはそんなばかなことは考えない。問題の核心を見抜いていた。それは、人間は自分の存在価値を感じとりたいということだ。

膠着《こうちゃく》状態は数週間つづいた。もっと長くなってもふしぎはなかったのだが、ある日モリーが占拠された建物の前を歩いていると、抗議学生のひとりが友好的な教師と見てとって、声をかけ、窓から中へ入れた。

一時間ほどして、窓から這い出してきたモリーの手には、抗議学生の要求事項を書いたリストがにぎられていた。それを学長に渡して、状況の改善がもたらされたのだ。

モリーはいつもすばらしい調停者になる。

ブランダイスで受け持っていた授業は、社会心理学、精神の病気と健康、グループ・プロセスなどに関するもので、「職業技術」よりも「人格形成」を重く見ていた。

今日の経営や法律の学生に言わせれば、モリーみたいにおめでたい世間知らずな考え方は、学生の将来にろくな足しにならない、ということになるのかもしれない。モリーの学生はどれくらいかねをかせぐようになったか？　大きな訴訟でどれくらい勝ったか？

でも考えてみれば、経営や法律の学生で、卒業後恩師を訪ねる人が、いったい何人いるだろう？

モリーの教え子はしょっちゅうやってくる。モリーの最後の数か月には大挙して訪ねてきた。ボストンから、ニューヨークから、カリフォルニアから、ロンドンから、スイスから。会社からも、都市の学校整備局からも。電話をしてきた。手紙を書いてきた。何百キロも車をとばして、言葉をかけに、笑顔を見せに来た。

「こんな先生、ほかにいませんよ」と口々に言う。

モリー訪問が回を重ねるにつれ、ぼくは死に関する本を読むようになった。文化によってこの最後の旅に対する見方がずいぶんちがう。たとえば北米極北地帯のある部族は、生きとし生けるものすべて、小さな、自分の体と同じ形をした霊魂を体内に持っていると信じている。シカの中には小型のシカが、人間の中には小型の人間がいるというふうに。

外側の大きいほうが死んでも、中の小さいのは生きつづける。そして近くで生まれそうになっているものの中に入ることもあれば、とりあえず空の上の仮休憩所へ行くこともある。これは大母神の腹の中にあって、霊（小型版の肉体）は月がまた地上に送りもどしてくれるまでそこで待っている。

ときどき月は、新しい霊の世話で忙しく、空から姿を消す。月のない晩があるのはそのためだという。しかし結局はまたもどってくる。そして万物ももどってくる。

そう彼らは信じている。

第七の火曜日――老いの恐怖

モリーは闘いに敗れた。とうとう誰かに尻を拭いてもらうようになった。

それをモリーは、いかにも彼らしいいさぎよさで受け入れる。便器を使ったあと、手を伸ばすことができなくなり、その力の限界をコニーに告げる。

「こんなことするのいやかな？」

いいえ、とコニーは答える。

まずコニーにたのむのがまたモリーらしいところだと思う。

慣れるのにしばらく時間がかかったことはモリーも認める。なんといっても、ある意味で病気に対する全面的降伏だからだ。もっとも個人的、基本的なことが今や彼の手から奪われていた――トイレへ行く、鼻をかむ、陰部を洗う。呼吸をし食物をのみこむことを別として、ほとんどすべてが人の手を借りて行われた。

そんな状態なのに、どうして前向きの考え方でいられるんですか？

「へんなもんでね、ミッチ。私は独立独歩型の人間だから、本来の傾向としては、こういったことすべてと闘いたいわけだ。車から出してもらうとか、誰かに服を着せてもらうとか、そんなのごめんだよ。ちょっと恥ずかしい。恥ずかしいっていうのは、われわれの文化では、自分で尻が拭けないのは恥ずかしいことと教えられるからだ。しかしね、そこで私は考えた。文化がなんといおうと知っちゃいない。自分は生きている間だいたいこんな文化なんて無視してきた。恥ずかしがるのはやめよう。

それでどうしたと思う？　これがおもしろいんだ」

どうしたんです？

「他人頼りを楽しむことにしたのさ。今では、誰かが横向きにねかせてくれたり、ただれないように尻にクリームをすりこんだりしてくれるときには、楽しいなと思う。額を拭いたり、脚をマッサージしてくれるときも、うれしくてうれしくて。目をつぶって、味わいつくすっていう感じさ。それがまたよくよく知っていたことのような気がする。

つまり、また赤ん坊にもどるようなものだろう。誰かが湯浴みをさせてくれる、抱き上げてくれる、拭いてくれる。子どもであるにはどうすればいいかは誰でも知っていることで、私としては、どんなふうに楽しめばいいか、思い出せばいいだけのことだったのさ。

実際のところ、母親にだっこされ、揺すられ頭を撫でられていたとき、もうこれで十分と思った人はひとりもいないだろう。人間誰しも、何から何まで世話をされていた頃にまたもどりたいものなんだ――無条件の愛、無条件の心くばりを受けていた時期に。たいていの人は、受け方が十分じゃなかった。

私はそうだったね」

ぼくはモリーの顔を見て、突然悟った。ぼくが体をかがめてマイクの具合を直したり、枕をいじったり、目を拭いたりするのを、どうしてこんなに喜ぶのか、そのわけがわかった。人間的なふれあいだ。七十八歳のモリーは、それをおとなとして人に与え、子どもとして人から受けとっていた。

その日は、そのあと老いることについて話し合った。老いの恐怖と言うべきかもしれない。これも、わが世代の悩みのたねリストに載せた問題の一つだ。ボストンの空港から車で来るとき、若くてきれいな男女を描いた看板の数を数えていた。カウボーイハットをかぶり、タバコを吸っている青年、シャンプーの瓶を眺めてにっこり笑っている美女がふたり、ジーンズのスナップをはずした悩ましげな表情のティーンエイジャーの女の子、黒のヴェルヴェットのドレスを着たセクシーな女性、その隣にはタキシード姿の男性、ふたりともスコッチのグラスをいとおしげに持っている。

ただのひとりも、三十五歳以上と見られる人は描かれていなかった。ぼくはモリーに、なんとか山の頂きにとどまっていようとがんばるけれども、もう向こう側の坂を下っているような気がすると話をした。定期的にトレーニングをする。食べるものに気をつける。鏡で額の生え際をチェックする。若いときにいろいろやっていたから、自分の年齢を口にするのがかつては自慢だったが、今は年のことは持ち出さなくなっている。もう四十に近くなって、仕事の面でも忘れられるのがこわいからだ。

モリーは年をとることについて、もっとバランスのとれた見方をしている。

「そんなふうに若さに重きをおくのは——いただけないな。私は若者が時としてずいぶん不幸なことを知っているから、若さがいい、いい、なんて言ったって通じないよ。私のところへ来ていた坊やたちは、もがき苦しみ、争いを抱え、自分を無能だとか人生は悲惨だとか思って、そのあげく自殺まで考えたり……。

そんなふうに不幸なだけじゃなくて、若者は賢明さにも欠ける。人生に対する理解がまったく足りないんだよ。今何が起こっているかわからなくて、毎日を生きていきたい気持ちになれるだろうか？　この香水を買ったらすてきになりますよとか、このジーンズをはいたらセクシーになるとかなんとか、うまいこと言われて、そのまま信じちゃうんだから。ナンセンスだよ」

年をとるのが不安になったことはないんですか？

「私は老化をありがたく受け入れる」

ありがたく受け入れる？

「まったく簡単なこと。年をとれば、それだけ学ぶことも多い。ずっと二十二歳のままなら、いつまでも二十二のときと同じように無知だっていうことになる。老化はただの衰弱じゃない。成長なんだ。やがて死ぬのはただのマイナスとは片づけられない。やがて死ぬことを理解するのは、そしてそれによってよりよい人生を生きるのは、プラスでもあるわけだ」

たしかに。でも老化がそれほど価値あるものなら、なぜみんな「もう一度若くなれたら」なんて言うんでしょう？　「六十五歳になれたら」なんて聞いたことないですよね。

モリーは笑って言った。

「それはどういうことだと思う？　人生に満足してないんだよ。満たされていない。人生の意義を見いだしていない。だってね、人生に意義を認めていたら、逆もどりしたいとは思わないだろう。先へ進みたいと思う。もっと見たい、もっとやりたいと思う。六十五歳が待ち遠しくてたまらない。

いいかい、これはぜひ知っていてほしい。若い人はみな知っていてほしい。年をとるまいといつも闘ってばかりいると、いつまでもしあわせにはなれないよ。しょせん年はとらざるを得ないんだから。

それにミッチ」と声を落とす。

「ほんとのところ、君だってそのうち死ぬわけだ」

ぼくはうなずいた。

「自分に何と言いきかせたってしようがない」

わかってます。

「ただ願わくは、ずっとずっと先のことであってほしいけれどね」

モリーはおだやかな表情で目を閉じてから、頭の下の枕を直してくれと言う。モリーの体は、楽な姿勢でいるためにはたえず調整が必要だった。リクライニングチェアの中には体の支えに白い枕、黄色のフォームラバー、青いタオルが押しこんであって、ちょっと見たところ、まるで発送される荷物のようだ。

どういたしまして。

「どうもありがとう」枕の位置を変えるぼくに小さな声で言う。

「ミッチ、何考えてるんだい？」

ちょっと間をおいて答える。そうですね、どうして若い健康な人たちのことがうらやましくないのかなって。

「ああ、うらやましいことはうらやましいさ。若い連中がアスレティッククラブや水泳に行ったりするのは。それからダンス。いちばんはダンスだな。だけどね、うらやましいっていう気持ちがやってくる、じっくり味わう、そのあとはもうかまわない。自分を切り離せって言ったのおぼえているだろう？　思い切りがかんじん。『ああ、これがうらやみか。なるほど。ではこれでおさらばだ』と言って、さっさと立ち去るわけ」

咳が出た——長い、ひっかかるような咳。モリーはティッシュを口にあて、弱々しく痰を吐いた。いっしょに座っていると、ぼくのほうがはるかに強い感じがする。それこそモリーの体を小麦粉の袋みたいにさし上げ、肩越しに放り出せそうなくらい、むちゃくちゃ強い感じ。しかし、ほかの点でモリーに勝るところはまるっきりないので、この優越感がかえってかっこ悪い。
どうしてうらやまずにいられるんですか、たとえば……

「何を?」

ぼくのことなんか。

モリーはほほえむ。

「ミッチ、老人が若者をうらやまないなんて、そんなことあり得ないよ。ただ問題は、ありのままの自分を受け入れ、それを大いに楽しむことだ。三十代が今の君の時代。私にも三十代という自分の時代がかつてあった。今は七十八歳が私の時代さ。

自分の今の人生のよいところ、ほんとうのところ、美しいところを見つけなければいけない。昔をふり返ると、負けるもんかって張り合う気持ちになってしまう。年齢は勝ち負けの問題じゃないんだ」

モリーはふーっと息を吐き視線を落とす。まるでその息が空気中にひろがるのを見守るかのよう。

「ほんとうのところ、私自身の中にすべての年齢がまじり合っているんだよ。三歳の自分、五歳の自分、三十七歳の自分、五十歳の自分ていうように。そのすべてを経験して、どんなものだかよくわかっている。子どもであるのが適当な場合には、喜んで子どもになるし、思慮深い老人であるのがいい場合には、喜んでそうなる。何にだってなれるんだ! 私は今のこの年までのどんな年齢でもある。わかるかい？」
ぼくはうなずいた。
「今の君の年代をうらやましがってなんていられないよ――前に自分がそうだったんだから」

運命は　多くの種を
屈服させる。ひとりでは
あぶない。

――W・H・オーデン（モリーの好きな詩人）

第八の火曜日――かねについて

モリーにも読めるように新聞を高くひろげて見せた。

自分の墓石に「ついにネットワークを所有することがなかった」とは書かれたくない。

モリーは笑ったが、そのあと首を横に振る。朝日が後ろの窓からさしこんで、窓際に置いたハイビスカスのピンクの花びらを照らしている。この引用はテッド・ターナーの言葉。ＣＮＮの創立者で億万長者のメディアの大立者だが、ＣＢＳネットワークを買収しそこなったのを嘆いているのだ。なぜこんな話を今朝持ってきたかというと、かりにターナーがわが師と同じ境遇に陥って、息は絶え絶え体は石と化し、カレンダーの日が一日一日と×で消されていくとしたら――それでもネットワークを持ちたいと嘆くだろうか、と考えたからだった。

「すべて根っこは同じ問題だよ」とモリーは言う。「みなまちがったものに価値をおいている。それが人生へのはなはだしい幻滅につながる。そのことについて話をしようか」

モリーは気持ちが集中している。このところ調子のいい日もあれば悪い日もあって、今日はよかった。前の日の晩、地元のア・カペラ・グループが訪ねてきて合唱を聞かせてくれたのだ。その話をするときのはしゃぎようときたら、まるでほかでもないインク・スポッツ（一九三二年からつづくジャズボーカルグループ）がうたいにきたような感じだった。モリーの音楽好きは病気になる前からだが、今はそれが一段と強くなり、感動のあまり涙を流すほどになっている。夜はときどきオペラに耳を傾け、目を閉じて、みごとな声の抑揚に合わせて体を揺すっている。

「君にも聞かせてやりたかったよ、ミッチ。あの妙《たえ》なる響き！」

　モリーはかねがね単純な楽しみに引かれていた——歌、笑い、踊り。今は以前にもまして、物質的なものがほとんど、もしくはまったく無意味に感じられている。誰かが死ぬとき、「お墓まで持っていけない」というせりふをよく耳にする。モリーはとうの昔にそのことを知っていたようだ。

「この国では一種の洗脳が行われている」とモリーは嘆く。「洗脳ってどんなふうにやるか知っているだろう？　同じことを何度も何度もくり返して聞かせるんだ。この国でやっているのはまさにそれだよ。物を持つのはいいことだ。かねは多いほうがいい。財産は多いほうがいい。商売っ気もそう。何もかも多いほうがいい。多いほうがいい。みんなそれをくり返し口にし——くり返し聞かされ——ついには、めんどうくさくなってほかの考えを持たなくなる。ふつうの人間は頭が朦朧《もうろう》として、何がほんとうに大事なのか見境がつかないというわけさ。

　今まで行く先々で、何か新しいものをがつがつ買いたがる人にぶつかってきた。やれ新車だ、やれ新しい地所だ、やれ最新のおもちゃだ。それをまた人に言いふらしたがるんだな。『ねえねえ、何買ったと思う、何買ったと思う？』

これには私流の解釈があってね。この人たちは、愛に飢えているから、ほかのもので間に合わせているんだよ。物質的なものを抱きしめて、向こうからもそうされたい。だけど、それはうまくいかない。物質的なものは愛ややさしさの代わりにはならない、友情の代わりにはならない。かねはやさしさの代わりにはならない。権力もそう。死を目の前に控えてここに座っている私に言えることは、かねや権力をいくら持っていても、そんなものはさがし求めている感情を与えてくれはしないっていうこと。それをいちばん必要としているときにね」

ぼくは書斎をぐるっと見回した。中の様子ははじめてここへ来た日とまったく同じ。本は書棚の同じ場所に収まっている。書類は同じ古ぼけたデスクに散らかっている。ほかの部屋もリフォームしたところはない。実際のところ、長い長い間、おそらくはもう何年も、モリーは何一つ――医療器具を除いて――新しいものを買っていないのだ。助からぬ病と知った日は、とりも直さず、自分の購買力に関心を失った日でもあった。

したがって、テレビも同じ旧式なら、シャーロットが運転する車も同じ旧モデル、皿もナイフ、フォークもタオルも、すべて同じ。しかし、家は様変わりに変わった。中は愛と教えと親密さが満ちあふれている。同僚、学生、瞑想の先生、理学療法士、看護婦、ア・カペラ・グループでいっぱいだ。ほんとうの意味で豊かな家庭になった――銀行の預金残高はどんどん減っていったが。

「この国では、ほしいものと必要なものがまるっきりごっちゃになっている。食料は必要なもの、チョコレートサンデーはほしいもの。自分を欺いてはいけないよ。最新型のスポーツカーは必要ではない。豪邸は必要ではない。

はっきり言って、そういうものから満足は得られない。ほんとうに満足を与えてくれるものは何だと思う？」

何ですか？

「自分が人にあげられるものを提供すること」

ボーイスカウトみたいですね。

「別にかねのことを言ってるわけじゃない。時間だよ。あるいは心づかい。話をすること。そんなにむずかしいことじゃないだろう。この近所に老人センターがあってね。毎日お年寄りがたくさん来ている。男でも女でも若い人で何か技術を持っていれば、そこへ行って教えればいい。たとえばコンピューターのことを知っていれば、それをお年寄りに教える。大歓迎されるよ。みなさんとても感謝するだろうし。こんなふうに、持っているものを提供することで、まずは尊敬も得られるというわけだ。

こういうことをやっている場所はたくさんある。たいした才能もいらない。病院や養護施設には、ただただ人とのふれあいがほしい孤独な方が大勢いらっしゃる。そういうひとりぼっちのお年寄りとトランプでもして遊べばいい。自分自身を改めて尊敬するようになるよ、何しろ必要とされている人間なんだから。

おぼえているかな、いかにして意義ある人生を見いだすかについてしゃべったこと。私は書きとめておいたけれども、そらで言えるよ。人を愛することにみずからを捧げよ、周囲の社会にみずからを捧げよ、目的と意味を与えてくれるものを創りだすことにみずからを捧げよ」

そこでにやっと笑って、つづける。「気がついただろうけれど、サラリーの話はその中に一つもない」

ぼくはモリーのしゃべっていることをいくつかメモ帳に書きとめていた。その大きな理由は、モリーと目を合わせたくないから、自分の胸のうちを悟られたくないからだった。実は、大学卒業後の多くの年月、たった今モリーが槍玉にあげたようなもの——もっと大きなおもちゃ、もっとすてきな家——を追い求めていたことを反省していたのだ。金持ちで有名なスポーツマンにまじって仕事をしていただけに、自分の欲求は現実的、自分の貪欲さは連中にくらべればささやかなものと信じこんでいた。

それは煙幕にすぎない。モリーはそれを明るみに出した。

「ミッチ、もしトップにいる人たち相手にかっこうをつけているんなら、やめたほうがいい。いずれ見くだされるのが落ちだよ。また底辺にいる人たちに見せびらかしているんなら、それもやめるんだな。うらやましがられるだけさ。ステータスなんて何の役にも立たない。心を広く持ってはじめてどんな人とも対等につき合うことができる」

一息入れて、こちらを見る。「私はもうじき死ぬ、そうだろう？」

はい、そうです。

「ほかの人の悩みを聞くのが、私にとってなぜ大切だと思う？　自分の痛み苦しみだけでもうたくさんじゃないか？

もちろん、そう。だけど、人に与えることで自分が元気になれるんだよ。車や家じゃない。鏡にうつる自分の顔じゃない。自分の時間を与え、悲しい思いをしていた人たちをほほえませることができれば、私としてはこれ以上ないほど健康になった感じがするんだよ。

こうしてあげたいと、心の底から出てくることをやるんだな。そうすれば、不満をおぼえることはない。うらやむこともない、人のものをほしがることもない。逆に、こうしてもらいたいと、心の中へもどってくるものには押しつぶされてしまう」

モリーは咳きこんで椅子の上に置いた小さな呼び鈴に手を伸ばした。二、三度やったがうまくいかないので、ぼくが取り上げて持たせてあげた。

「ありがとう」とか細い声。鈴を弱々しく振ってコニーを呼ぶ。

「このテッド・ターナーって男、墓石にもっとほかの言葉思いつかなかったのかね？」

毎晩眠りにつくたびに、私は死ぬ。そして翌朝目をさますとき、生まれ変わる

――マハトマ・ガンジー

第九の火曜日——愛はつづく

木の葉が色づきはじめ、ウェスト・ニュートンへの道は、金と茶の絵巻物と化した。デトロイトの労働争議は泥沼状態で、両陣営とも、話し合いに応じないと互いに相手を非難するばかり。テレビのニュースに出る話も負けず劣らず暗い。ケンタッキーの田舎で、三人の男が橋の上から墓石の破片を放り投げ、通りかかった車のフロントガラスをつぶした。家族といっしょに巡礼旅行中の十代の女の子が死亡。カリフォルニアでは、O・J・シンプソンの裁判が大詰めに近く、全国民はまるでそれしか頭にないようなありさま。空港でも、ゲートへ進む客が天井からぶら下がっているテレビのCNNニュースでO・Jの最新情報を見ている。

ぼくはスペインの弟に何度か電話をした。ほんとうに会って話がしたい、ぼくたちふたりのことをいろいろ考えているとメッセージを入れておいたのだが、二、三週間たって届いた短い返事は、万事順調、しかし申しわけないが病気の話はしたくない、というものだった。

わが師の場合、その体を弱らせているのは、病気の話ではなく病気そのものだった。前回の訪問時から、看護婦はカテーテルを挿入して尿を吸い出し、椅子の足もとに置いた袋に流しこんでいた。脚はたえず世話が必要だし（動かせないのに痛みはあるのもALSの残酷な皮肉の一つ）、足はフォームラバーのパッドからちょうどよい距離だけ離れていないと、まるでフォークでつつかれているような感じになるのだ。話の途中で、モリーはよく相手に向かい、足を持ち上げてほんの二センチほど動かしてくれとか、頭が枕のくぼみにもっと楽におさまるよう調節してくれとたのむのだった。自分の頭も動かせない状態なんて、誰に想像できるだろう。

訪れるたびに、モリーは体が椅子の中に溶けて、背骨が椅子なりの形になっていくように見える。それでも毎朝、ベッドから起き上がらせてくれとたのんで、書斎まで車椅子を押してもらい、そこで本や書類、出窓のハイビスカスの鉢の間に身を置くのだった。そしていかにも彼らしく、こういう状態にも哲学めいたものを見いだすのだ。

「新しい警句を考えたよ」

聞かせてください。

「ねているときは死んでいる」

そう言ってほほえむのだが、こんなことを笑えるのはモリーだけだろう。

「ナイトライン」の担当者やテッド・コッペル自身から何度か電話があった。

「私にもう一度出てほしいらしい。ただ、もう少し待ちたいってさ」

いつまでですか？　最期のとき？

「だろうね。いずれにしろ、もうそんなに先のことじゃない」

そんなこと言うもんじゃありません。

「悪かった」

弱るまで待つっていうのが、腹立たしいですね。

「君は、私の面倒を見てくれているから、腹立たしいんだろう」

モリーは笑いを浮かべた。「たぶん、あの連中は私をちょっとしたドラマに使うつもりなんだよ。それはそれでいい。たぶん、こっちも向こうを利用しているんだから。何百万の人に私のメッセージを伝えるのに役に立つ。あの人たちなしにはできることじゃない、だろう？　持ちつ持たれつさ」

咳。それがゼロゼロになり、丸めたティッシュにプッと痰を吐いて終わる。

「ともあれ、あんまり待たないほうがいいよ、と言ってやった。声が出なくなるから。肺がやられたら、もう話をすることは不可能だろうな。今でも途中で休まないと長くはしゃべれないもの。会いに来たいっていう人をもう大勢ことわった。ずいぶんいるんだよ。だけどこっちが疲れていて、ちゃんと話を聞けなければ、助けてあげられない」

ぼくはテープレコーダーに目をやり、モリーの残された貴重な時間を盗んでいるようで後ろめたかった。やめましょうか？　あまりお疲れになるといけないから。

モリーは目を閉じて、首を横に振った。何かひそかな痛みが過ぎるのを待っているような様子だ。ようやく口を開く。「いや、君と私はつづけなければいけない」

「これは私たちの最後の論文だから」

ぼくたちの最後の論文。

「きちんとやっておきたい」

ぼくは大学の最初の論文のことを思い浮かべた。もちろんモリーの発案だった。ぼくには特別優等課程の論文を書く力は十分にあると言う——夢にも思わなかったことだ。

今またここで同じことをやっている。一つの着想から出発。それは、死を間近にした人が生きている人に話をする、心得ておくべきことを教えるということ。今回は、完成までそれほどいそがなかった。

「昨日、おもしろい質問をした人がいてね」と言いかけて、僕の肩越しに後ろの壁掛けを眺めている。七十歳の誕生祝いに友人たちが希望にあふれたメッセージを縫いこんだキルトだ。そのパッチワークの一つひとつにそれぞれちがうメッセージが書かれている。〈モリー、完走してね〉〈いちばんいい時はこれから〉〈心の健康なら、いつも一番！〉

どんな質問ですか？

「死んだあと忘れられるんじゃないかと心配しないかってさ」

で、どうなんですか？

「忘れられるとは思わない。ずいぶんたくさんの人と身近に親しく接してきたからね。それに愛とは、死んだあとも生きてとどまることだから」

歌の文句みたいですね。〈愛とは生きてとどまること〉

モリーはくすりと笑った。「まあね。ところで、私たちのこのおしゃべりだけど……君、うちへ帰って私の声を聞くことあるのかな、ひとりでいるときに。飛行機の中とか、車の中とか」

ええ、聞きますよ。

「じゃあ、私が死んだあとも忘れないわけだ。わが声を思い浮かべよ、そこにわれあり」

先生の声を思い浮かべる。

「そして泣きたくなったら、泣けばいい」

モリーときたら、新入生のときからぼくを泣かせようとしたっけ。「そのうち君の心に届くようになるからな」とよく言ったものだ。

はい、はい、とぼくは答えていた。


「墓石に何と書いてもらうか決めたよ」とモリー。

墓石の話なんかしないでくださいよ。

「どうしてさ？　気にさわるかい？」

ぼくは肩をすくめた。

「じゃあ、この話、なかったことにしよう」

いいですよ、どうぞ、どうぞ。何とお決めになったんですか？

モリーはくちびるを突き出して、「こういうのどうだろう。『死するまで教師たりき』」。

そしてぼくがのみこめるまで待っている。

死するまで教師たりき。

「いいかな?」

ええ、とてもいいです。


ぼくが部屋に入るときにモリーの顔がパッと輝く様子が好きになってきた。誰にもやっていることだが、来訪者がみなその微笑を自分だけのものと思うのは、モリーの特別の才能のなせるわざだった。

「あー君かあ」ぼくの姿を見ると、例のかすれたようなかん高い声で迎える。そうした態度は挨拶だけで終わらない。モリーが誰かといっしょにいるときは、ほんとうに掛け値なしにその人といっしょなのだ。まっすぐ相手の目を見、その相手がこの世でただひとりの人間であるかのように耳を傾ける。毎日の最初の出会いが、ウェイトレスやバスの運転手や上司の仏頂面でなくこんな調子なら、世の中どれほどよくなることか。

「その場に完全に存在しているっていうことが大事だと思う」とモリーは言う。「つまり、誰かといっしょにいるときには、その人とまさにいっしょでなければいけない。今、君と話をしているこのときも、私はふたりの間で進行していることだけに気持ちを集中しようとつとめているよ。先週しゃべったことなんか頭にない。今度の金曜日に何があるかも頭にない。またコッペルの番組に出ること、今どんな薬をのんでいるかも考えてはいない。

君に向かって話をし、君のことを考えているんだ」

昔、ブランダイス大学のグループ・プロセスの授業で、モリーが同じ考えを教えていたことを思い出した。当時は、こんなもの大学で教えることかとばかにしていた。注意を払うことを学べだって？ そんなことがどうして大事なんだ？ 今は、それこそ大学で教わった何よりも大事なものであることがわかっている。

モリーがぼくの手を求めるジェスチャーをしたので、さし出しながら深い罪の意識が湧きあがってくるのをおぼえた。死へと向かう肉体を自覚し、残り少ない呼吸を数えているこの人は、目ざめているすべての瞬間を思うままに自分自身へのあわれみに費やしてもいいはずだ。多くの人は、はるかに些細な問題しか抱えていないのに、ただただ自分のことばかり考え、人とものの三十秒ほどしゃべっているだけで、目に霞がかかってくる。もう頭の中は別のことでいっぱいなのだ。友だちに電話をかけなければ、ファックスを送らなければ、そしてうっとりと恋人のことを思ったり……。話が終わる頃になってやっと相手に注意を向ける。「ははあ」とか「そうだよ、ねえ」とか言ってその場を取りつくろう。

「問題の一つは、みなさん、ずいぶん忙しいってことだね。人生に意味を見いだせないので、年がら年じゅうそれを求めて駆けずり回っている。次はこの車、次はこの家と考えるんだが、それもやっぱり虚しいとわかって、また駆けずり回る」

いっぺん走り出すと、ペースを落とすのがむずかしいんですよ。

「そんなにむずかしくないさ。私のやり方、知ってるかな？　車の運転ができたときの話だけど、誰かが追い越そうとすると、手を上げて……」

その動作をやろうとしたが、手はそーっと一五センチほど上がっただけだった。

「……手を上げて、いかにもダメのジェスチャーをするようなかっこうから、手を振ってにっこり笑う。指を突き立ててばかにするんじゃなく、先へ行かせて、笑うんだ。

そうすると、どうなるかっていうと、たいてい向こうからも笑いを返してくるね。

実を言うと、私は車に乗っているとき、それほどいそぐ必要を感じない。エネルギーは人間相手に使いたいな」

それをモリーほどみごとにやる人をほかに知らない。モリーといっしょにいる人は、おそろしい話をすると、モリーの目もうるみ、ばかな駄じゃれをとばすと、モリーもおもしろそうに目もとにしわを寄せることに気づく。いつも感情をあけっぴろげに見せるのだが、これはぼくらベビーブーム世代にしばしば欠けている性質だ。この世代は世間話には長《た》けている。「何やってるんだい？」「どこに住んでるの？」といった調子。しかし、ほんとうに相手の話に耳を傾けること——何かを売りこもうとか、引っかけてやろうとか、雇ってやろうとか、見返りに何かの地位にありつこうとか、まったく考えないで、話を聞くこと——が、いったいどれほどあるだろう？

モリーの人生最後の何か月かに訪ねてきた多くの人は、モリーを気づかってではなく、モリーが気づかってくれるからこそ来たのだと思う。この小柄な老人は、自分の苦痛と衰弱をおして、相手の話を――それも相手がこんなふうに聞いてもらいたいと日頃思っているような形で――聞いてやっていた。

先生は、こんな父親がいればいいとみんなが思っているような人ですね。

「うーん、そのことだけど、私にちょっとした経験があってね……」

モリーが父親を最後に見たのは、市の死体保管所だった。チャーリー・シュワルツはもの静かな男性で、ブロンクスはトレモント街の街灯の下でひとりで新聞を読むのが好きだった。モリーが幼いとき、チャーリーは毎晩食事のあと散歩に出た。小柄なロシア人で赤ら顔、グレーの髪がふさふさと生えている。モリーと弟のデイヴィッドが窓から外を見ると、父がぽつんと電柱に寄りかかっているのだった。家の中に入って話しかけてほしいと思うのだが、めったにそうはしてくれない。ベッドにねかしつけてもくれないし、おやすみのキスもしてくれない。

モリーは、自分に子どもができたら、こういうことをきっとしてやろうと心に誓っていた。何年もたって、そのとおりになり、そのとおりにした。

一方、チャーリーは、モリーが自分の子どもたちを育てている間、相変わらずブロンクスに住んでいた。例の散歩も相変わらず。新聞を読むのも相変わらず。ある晩、食事のあと外へ出、家から数ブロック離れたところでふたりの強盗に襲われた。

「かねを出せ」とひとりがピストルをつきつける。

恐怖にかられてチャーリーは財布を投げ捨て、逃げ出した。通りを抜け、走りつづけて、親戚の家の階段にたどりついたところで、玄関先にくずおれた。

心臓発作。

その夜のうちに、死亡。

モリーは身元確認のため電話で呼び出され、ニューヨークへ飛んで、死体保管所に足を運んだ。死体を置いた冷たい地下の部屋に案内される。

「こちらはあなたのお父さんですか？」

たずねられてモリーはガラス越しに遺体を見た。ここごとを言い、育ててくれた人、働くことを教わった人、話をしてほしかったのに黙っていた人、母の思い出をみんなと分かち合いたいのに黙っていろと言った人、その人の体がそこにある。

モリーはうなずいて立ち去った。その部屋がおそろしくて、歩くこと以外、何もできなくなってしまった、とあとで言っている。涙を流したのは何日もたってからのことだった。

それでも、父親の死は、自分自身の死の準備をする助けになった。これだけのことはやろうと思う。たくさん抱いて、キスして、しゃべって、笑って、さよならを全部忘れずに言って——すべてこれ、父親が死んだときも母親が死んだときも、なくてさびしく思ったことだ。

最後の瞬間が来るときには、そのことを知っている愛する人たちにまわりにいてほしい、とモリーは思った。誰も電話や電報で知らされたり、冷たいよそよそしい地下室のガラス窓越しに見たりすることのないように。

南アメリカの熱帯雨林にデサナ族という先住民がいる。彼らの見るところ、世界には決まった量のエネルギーしかなくて、それがすべての生きものの間を流れているという。したがって、何かが生まれれば必ず何かが死に、何かが死ねば必ず何かが生まれることになる。それで世界のエネルギーの総量は保たれるわけだ。

デサナ族は、狩をして動物を殺せば、その分、霊の井戸に穴が開くと考えている。その穴は、デサナの狩人が死んだときにその霊魂で埋められる。人間が死ななければ、鳥も魚も生まれない。ぼくはこの考えが好きだ。モリーもそう。モリーはさよならが近づくにつれ、ますますわれわれはみな同じ森にすむ生きものだという感じを強くしているようだ。取ったものは、埋め合わせをする。

「それが公平っていうものだよ」

第十の火曜日——結婚

モリーにひき合わせる客をひとり連れていった。妻だ。

最初の日からモリーはしょっちゅうたずねるのだった。「ジャニーンにいつ会える？」「いつ連れてくるんだ？」ぼくはそのたびに口実をもうけていたのだが、つい二、三日前、様子をうかがいにモリーに電話したときのこと……。

モリーが受話器をとるまでしばらく間があった。そのときも誰かが受話器をモリーの耳にあてている気配がする。

「もーし、もーし」と喘ぐような声。

お元気ですか、コーチ。

息を吐く音。「ミッチ……君のコーチはね……上々ってわけじゃなくて……」

眠るときの状態がますます悪くなってきた。ほとんど毎晩酸素吸入が必要で、咳の発作は周囲もぞっとするほど。一度の咳が一時間もつづき、モリー自身にも止められるかどうかわからない。病気が肺まで達したら死ぬだろうとはかねがね言っていることだ。もう死はすぐそこだと思うと、ぼくは体が震えた。

火曜日にお目にかかります。そのときはもっとお元気になっていらっしゃるでしょう。

「ミッチ」

はい。

「奥さん、そこにいる?」

隣に座っています。

「電話口に出してくれない? 声が聞きたいんだ」

ぼくが結婚した女性は、生まれながらにぼくよりはるかにやさしさに恵まれている。モリーに会ったことはないのにさっそく受話器をとって――ぼくなら、首を振りながら「いないって言って、いないって言って」とささやいたところだ――たちまちのうちに、大学以来の知り合いのように打ち解けている。こちら側では「はあ……ミッチが言ってました……ええ、どうもありがとうございます……」しか聞こえないが、それがはっきり感じられる。

受話器を置いた妻が言う。「今度は私も行くわ」

というわけだった。

こうして今、ぼくらは書斎でリクライニングチェアに収まっているモリーを取り巻くように座っている。モリーは、自称人畜無害の浮気者で、ジャニーンが部屋にいると、咳で話を中断したり、便器を使ったりしなければならないときにも、新たなエネルギーのもとが見つかるらしかった。ジャニーンが持参した結婚写真を見ながらたずねる。

「あなた、おくにはデトロイト？」

ええ、そうです、とジャニーン。

「一年間、デトロイトで教えたことがあってね。四〇年代の終わりだったっけ。そのことでおかしな話があるんだ」

そこで、鼻をかもうとして言葉を切る。ティッシュをまさぐっているので、手を貸して押しあてると、弱々しく鼻をかんだ。ぼくはティッシュを軽く鼻孔に押しこみ、抜き出す。母親が車のシートに座っている子どもにやるようなしぐさだ。

「ありがとう、ミッチ」と言いながらジャニーンのほうを向いて、「この人は私の助っ人」。

ジャニーンはにこっと笑う。

「ともあれ、私の話っていうのはね。大学には社会学の先生が何人かいて、ほかの学部のスタッフとよくポーカーをやった。その中にひとり外科の医者がいてね。ある晩、ゲームのあとでこの男が言うにはさ、『モリー、君の仕事ぶりが見たいもんだ』。ああ、いいとも。というわけで、授業にやってきて、私が教えるのを見ていた。

そして授業がすんだあと、『どうもどうも。今度はぼくの仕事を見に来ないかい？　今晩オペがあるんだ』って言う。私はお返しがしたいから、オーケーと返事をした。

奴さん、私を病院に連れていって命令するわけ。『手をよく洗って、マスクをつけて、手術着を着て……』あれよあれよという間に、手術台の脇に並んで立たされていた。台の上には患者の女性が下半身裸でねている。そしてその外科の先生はメスを取り上げて、スパーッ。あっさりしたもんさ。こう……」

モリーは指を上げて、くるっと回す。

「……私もこうなりかけた。今にも気が遠くなりそう。すごい血だもの。おえーっ。隣にいた看護婦が『ドクター、どうなさいました?』ってきく。私は『ドクターなんかじゃない、こ、ここから出してくれ!』」

ぼくらは笑った。モリーも笑った。苦しい息の下から精一杯。ここ数週間、モリーがこんな話をしたのは、思い出すかぎりはじめてのことだった。かつて、人の病気を見て気絶しそうになったモリーが、今自分の病気に耐えていられるとは、何とふしぎなことか。

コニーがノックして、お昼の仕度ができたという。今朝ブレッド・アンド・サーカスで買ってきたにんじんスープ、野菜ケーキ、ギリシア風パスタではない。できるだけ軟らかい食べものを買おうとつとめているのだが、それでもモリーの嚙んでのみこむ力にはあまるらしい。このところ食べているのは、ほとんど流動食で、それにマフィンを入れて消化しやすいようにぐじゃぐじゃにつぶす。シャーロットは、今ではほとんど何でもミキサーでピュレにしている。モリーはストローで食事をする。ぼくは相変わらず毎週買物をしては、入るときモリーに袋を見せているが、それはモリーの表情が見たいからで、ほかの何のためでもない。冷蔵庫を開けると、あふれるほど容器が入っている。いつか以前のようにいっしょにほんもののランチを食べて、ぱくぱく嚙みながらしゃべる行儀の悪いモリー、口から食べものが威勢よくとび出すその様子が見られるかな、と願っていたのかもしれない。かなわぬ願いだった。

「ところで……ジャニーン」

ジャニーンはほほえむ。

「きれいだね。手を出して」

はい。

「ミッチが言ってたけれど、プロの歌手だってね」

ええ、そうです。

「すごくうまいんだって」

あら、口でそう言ってるだけですよ、と笑う。

モリーはふと眉を上げる。「何かうたってくれるかな」

ジャニーンと知り合ってからずっと、しょっちゅう誰かがそうたのむのを聞いてきた。職業として歌をうたっていると聞くと、決まって「何かうたってください」と言う。ジャニーンは、才能を見せたがらないし、コンディションについては完全主義者だし、求めに応じたことは一度もない。丁重にことわる。このときもそうするものと思った。

ところが、ジャニーンはうたい始めた。

あなたのことを思うだけで
するのを忘れてしまうの
誰もがせねばならないよしなしごと……

レイ・ノーブルが書いた一九三〇年代のスタンダードだが、それをジャニーンは、まっすぐモリーを見つめながら、美しい声でうたった。ふつうは固く閉じている人の気持ちを引き出すモリーの才能に、ぼくはまたしても驚くのだった。モリーは目をつむって、流れる音を吸いこんでいる。妻のやさしい声が部屋を満たすにつれ、その顔にほのぼのと微笑がひろがる。体はサンドバッグのようにこわばっているのに、その中で心は踊らんばかりなのだ。

どの花にも見えるのはあなたの顔
空の星にはあなたの目
あなたのことを思うだけ
思うだけ
いとしい人……

うたい終わると、モリーの開いた目から涙がほほを伝って落ちた。ぼくは長年妻のうたうのを聞いてきたが、このときのモリーのような聞き方をしたことはなかった。

結婚。ぼくの知るほとんどすべての人が結婚に問題を持っている。結婚生活に入ることを問題にしている人、そこから出ることを問題にしている人、ぼくの世代は、まるで結婚を沼地のアリゲーターみたいに思って、引きこまれまいとあがいているようだ。結婚式に出て新郎新婦におめでとうを言ってから、ものの二、三年で男のほうがレストランで別のもっと若い女性と座っているのを見かけるなど、もう慣れっこになっていて、たいして驚きもしない。そしてその男は女性を友だちだと紹介しながら、「実は誰それとはもう別れちゃってね……」なんて言っている。

どうして、ぼくらはこんな問題を抱えているのか？　モリーにきいてみたことがある。七年待ってやっとジャニーンにプロポーズしたんですけれど、ぼくの年代の人は昔の人にくらべて慎重なんでしょうか、それとも単に自分本位なだけなんでしょうか？

「そうねえ、君たちの世代はかわいそうだな。こういう文化の中にいると、誰かと愛し合う関係を見つけるのは、ほんとに大事なことだと思う。この文化はだいたいそういうものを与えてくれないからね。ところが今日の若者たちは、自己中心的でほんとうの愛情関係に入るのをいやがるか、あわてて結婚したあげく半年で離婚するか、どちらかだ。パートナーに何を求めるかわかっていない。そもそも自分自身が何者かわかっていない——だから結婚する相手が何者かもわかるわけがない」

モリーはため息をついた。教授を務めている間に、どれほど多くの不幸な恋人たちに助言を与えてきたことか。「悲しいことだよ。愛する人っていうのは大切なものだからね。君たちだって、とりわけ今の私みたいな年で、体の具合が悪くなれば、それがよくわかるだろう。たしかに友だちっていうのはすばらしいものだ。だけどね、咳きこんで眠れないとき、誰かが夜中じゅうそばにいて、慰め、助けてくれなければならないとき、友だちはその場にいないんだよ」

シャーロットとモリーは学生のときに出会い、結婚して四十四年になる。シャーロットが薬の時間を知らせにきたり、首を揉みに入ってきたり、息子のどちらかの話をしたりするとき、よくいっしょにいるのを見る。ふたりは一つのチームのようなもので、互いにちらと見るだけで相手が何を考えているかわかる。シャーロットは表に出たがらないところがモリーとちがうが、モリーがどれほどシャーロットを尊重しているかは、はた目にも明らかで、ぼくらがしゃべっているときにモリーは「この話をするとシャーロットはいい気持ちはしないだろうから」と打ち切ることがときどきある。何かを隠しておくのはこういうときだけだった。

「私は結婚についてこういうことを学んだ。結婚ていうのは、テストされるんだよ。自分がどういう人間か、相手がどういう人間か、適応できるかできないか、それを見つけるのが結婚だ」

結婚がうまくいくかどうか知る法則みたいなものありますか？

モリーは笑って答える。「そんな簡単なものじゃないよ」

そうでしょうね。

「とはいっても、愛と結婚についてあてはまると思う法則がいくつかないわけじゃない。相手を尊重していなければ、トラブルが起こる。妥協を知らなければ、トラブルが起こる。ふたりの間のことを率直に話せなければトラブルが起こる。人生の価値観が共通でなければトラブルが起こる。価値観は同じであること。

そしてその価値観の中でも最大のものはね、ミッチ」

はあ。

「自分の結婚が大事なものだという信念さ」

モリーは鼻をすすり、しばらく目を閉じていた。

そしてそのままの姿勢で言った。「私個人としては、結婚はなすべきこと、それもひじょうに大事なことで、結婚しようとしないのはとてつもなくたくさんのものを失うことになる、と思っている」

結びの言葉は、モリーがお祈りのように信じている詩の引用だった。「互いに愛せよ。さなくば滅びあるのみ」

いいですか、質問ですけど、とモリーに言う。モリーは骨張った指で眼鏡を持っている。胸が苦しげな呼吸とともに上下動する。

「どんな質問？」

ヨブ記の内容ですが。

「聖書の？」

そうです。ヨブは善人なのに、神はその信仰をためすために苦しめますね。

「そうだったな」

持っているものすべて、取り上げる。家もかねも家族も……。

「健康も」

病気にしてしまいます。

「信仰をためすためにね」

そう。信仰をためすために。そこで、どうかなと思うことがあるんですが……。

「何を？」

先生、そのことどうお考えです？

モリーは激しく咳きこんだ。震える手が脇に垂れる。

「神さま、やりすぎたようだね」にっこり笑って言った。

第十一の火曜日――今日の文化

「もっと強くたたいて」

ぼくはモリーの背中をバシバシたたいた。

「もっと強く」

もう一発。二発。

「肩のそば……今度はもう少し下」

モリーは、パジャマの下だけはいて、脇を下にベッドにねている。頭をぴったり枕に押しあて、口を開けて。理学療法士が肺の中の有害物をたたいてゆるめる方法を教えてくれているところだ。今はこれを時間を決めてやらないと、有害物（痰）が固まって呼吸ができなくなる。

「ちゃんと……知ってたぞ……君が……ぶんなぐりたがってた……こと」とモリーは喘ぎ喘ぎ言う。

そうですよ、とこちらもモリーの石膏のような背中を拳でたたきながら冗談をとばす。これは、二年次にBをつけられたお返し。バチン！

みな笑った。悪魔がそばにいて聞かれでもしたらろくなことにならない、というような不安な笑いだ。これが死を前にした最後の美容体操であることは、全員先刻承知なのだが、そのことさえなければ、さぞかし気のきいたおもしろいシーンだったにちがいない。病気は今や、ここが落ちれば降伏やむなしの最後の拠点、肺に危険なほど迫っていた。前々からモリーは息がつまって死ぬだろうと予言していて、ぼくとしては先行きそれ以上にぞっとする状況は想像もつかなかった。ときどきモリーは、目を閉じ、口と鼻に空気を吸いこもうとする。それがまるで錨を上げるかのように重たげだった。

外はもう上着のいる気候、十月初旬で、ウェスト・ニュートンあたりの芝生には落ち葉が山なしている。理学療法士は昼間早くから来ていて、看護婦や専門の担当者がモリーの面倒を見ている間、ぼくはいつもは中座していたのだが、何週間かたち、時間が残り少なくなってくるにつれ、居心地の悪さはだんだん意識しなくなった。むしろその場にいたい、すべてを見ておきたい気持ちになった。ぼくらしくないことなのだが、それを言うなら、モリーの家でここ何か月か起こっているたくさんのことはすべてぼくらしくなかった。

というわけで、ぼくは、理学療法士がベッドにねているモリーの世話をするのをじっと眺めていた。療法士はモリーの肋骨の裏をポンポンたたき、中でかたまりが柔らかくなった気がしないかとたずねる。そして、一休みしたとき、ぼくにもやってみないかと言う。やりましょうと答えると、枕に押しつけたモリーの顔にかすかに微笑が浮かんだ。

「お手柔らかに願うよ。こっちは年寄りなんだから」

ぼくは、療法士に教えられたとおり、モリーの背中から両脇にかけて、ぐるっと円を描くようにトントンたたいた。どんな状況であれ、モリーがベッドにねている姿は考えるのもいやだった（「ねているときは死んでいる」という最後の警句が耳に響く）。そしてモリーは、横向きになって背を丸めていると、小さくしなびていて、おとなではなく子どもの体に見える。皮膚は青白く、白髪はまばら、両腕はだらりと力なく垂れている。人間はずいぶん時間をかけて体づくりにいそしみ、ウェイトリフティングや腹筋運動《シットアップ》をやるけれども、結局、自然はその時間を取り上げてしまうんだなと思う。指の下に、骨を取り巻くだらんとした肉が感じられる。教えられたとおり、強くたたく。モリーの背中をたたきながら、ほんとうは壁でもたたきたいと思っている。

「ミッチ」喘ぐような声は、背中をたたかれているので、削岩機よろしくはね上がる。

はい？

「いつ……私が……Bを……つけた？」

モリーは人間が本来善であることを信じていた。しかし同時に、人間がどう変わり得るかも見通していた。

「人間はあぶないと思うと卑しくなる」その日の午後、モリーはそう語った。「それはわれわれの文化のせいだよ。われわれの経済のせい。この経済社会で現に仕事を持っている人でさえ、危険を感じている。その仕事をなくしはしないかと心配なんだ。危険を感じれば、自分のことしか考えなくなる。おかねを神様のように崇め始める。すべてこの文化の一環だよ」

ため息をつく。「だから私はその中へ入ろうとは思わないわけさ」

ぼくはうなずいてモリーの手をにぎった。このところたびたび手をにぎり合う。それもぼくの場合、変わったことの一つ。かつては身の置き場に困るような、あるいは吐き気を催しそうだったことを、今では日常茶飯のようにやっている。体の中の管につながったカテーテルの袋に、緑がかった老廃物の液体がたまって、モリーの椅子の下、ぼくの足もと近くに置かれている。二、三か月前ならいやでいやでたまらなかっただろうが、今は何ということもない。モリーが便器を使ったあと部屋にただよう臭気もそうだ。場所を移動するとか、トイレのドアを閉めるとか、出るときに消臭剤をスプレーするとか、そういうぜいたくはモリーに許されていない。ベッドがあり、椅子がある。それがモリーの生活のすべて。ぼくだって、生活がそんな窮屈なものに押しこめられたら、臭いをどうにかすることなどできそうもない。

「自分なりの文化を築くっていうのは、こういうことなんだ。社会のルールをすべて破れ、なんて言うつもりはない。たとえばの話、裸で外を歩き回れないし、赤信号でも突っ走るわけにはいかないだろう。小さなことはルールに従ってもいい。けれども大きなこと——どう考えるか、何を価値ありとみなすか——これは自分で選ばなければいけない。誰かほかの人、あるいは社会まかせじゃ、だめだ。

私の場合を考えてみよう。今、さぞかしきまりが悪いだろうと人から思われていること——歩けないとか、自分の尻も拭けないとか、朝目がさめると泣きたくなるとか——こういうことは、本来きまりが悪い、あるいは恥ずかしいものじゃない。

女性が、もっと痩せていなければと思ったり、男性の場合、金持ちでなければって思うのも同じことで、文化がそう信じさせているだけの話。そんなもの信じちゃいけない」

先生、なぜ若いときにどこかちがうところへいらっしゃらなかったんですか？

「ちがうところってどこさ？」

そうですねえ、南アメリカとかニューギニアとか。アメリカみたいに自分本位じゃないところ。

「どんな社会にもそれなりの問題があるよ」モリーはそう言いながら、眉を上げたが、それがモリーの場合、肩をすくめるのにいちばん近いジェスチャーだった。

「逃げだせばいいってものじゃない。自分なりの文化を創るのがかんじんなんだ。

どこにいたって、われわれ人間の持っている最大の欠点は、目先にとらわれること。先行き自分がどうなるかまで目が届かないんだ。潜在的な可能性に目を注がなければいけない。自分にはどういう可能性があるか、そのすべてに向かって努力しなければいけない。しかし、『今、自分はこれを自分のものにしたい』と言っている人たちの中にばかりいると、とどのつまり、ひとにぎりの人間が何もかも持っていて、貧乏人が立ち上がってそれを盗んだりしないように、軍隊まで備えるってことになってしまう」

モリーは、ぼくの肩越しに向こうの窓のほうへ目をやった。時折、通りすがりのトラックや、吹きすぎる風の音が聞こえてくる。ちらと隣家に視線を注いで、またつづける。

「問題は、われわれがみんな似たようなものであることを信じないところにある。白人と黒人、カトリックとプロテスタント、男と女。お互い似た者同士であることがわかれば、この世界を一つの大きな家族として喜んでその中に加わり、自分の家族と同じようにその家族を大事にするだろうに。

いや、ほんとうだよ。死が間近になれば、君にもそのとおりだっていうことがわかる。われわれ人間は始まり、つまり誕生も同じ。終わり、つまり死も同じ。ちがいようがないじゃないか。

人類という家族に投資しよう。人に投資しよう。愛する人、愛してくれる人の小さな共同社会をつくろう」

モリーはぼくの手をやさしくにぎりしめた。ぼくはもっと強くにぎり返した。カーニヴァルで、ハンマーでたたくと円盤がポールを昇っていく競技をやるが、ちょうどあんな具合にぼくの体の熱がモリーの胸から首、さらにほほ、目にまで昇っていくのが見えるような気がした。ほほえむモリー。

「人生のはじめ、子どものときには生きていくのにほかの人が必要だろう？　人生の終わりにも、私のようになれば、生きていくのにほかの人が必要だろう？」

声がささやくように低くなった。「しかし、これが大事なところで、その中間でもやっぱりほかの人が必要なんだよ」

その日の午後おそく、コニーといっしょにO・J・シンプソンの評決を見に寝室へ行った。当事者全員が陪審員に正対する緊張の場面。青いスーツを着て弁護団に取り囲まれたシンプソンと、ほんの二メートルほど離れて、彼を監獄に送りたがっている検事。陪審長が評決を読み上げる――「無罪」――コニーは鋭く叫び声をあげた。

「何てこと！」

シンプソンは弁護団と抱き合っている。コメンテーターが事態の解説をこころみる。裁判所の外の街路では黒人の群衆がおどり上がって喜び、レストランの中では白人の集団が呆然と押し黙る。判決を画期的と歓迎する向きもあったが、殺人は毎日起こっている。コニーは部屋を出ていった。これだけ見ればもうたくさんということだ。

書斎のドアが閉まる音がする。ぼくはテレビ画面を見つめる。世間の人はみなこれを見ているんだな、と思う。そのとき隣の部屋からモリーが椅子から持ち上げられる音が聞こえてきて、ぼくは思わず笑う。「世紀の裁判」が劇的な結末を迎えたとき、わが老教授はトイレに座っていた。

一九七九年、ブランダイスの体育館でバスケットボールの試合があった。チームは好調で、学生が喚声をあげ始める。「おれたちナンバー・ワン！　ナンバー・ワン！」そばに座っていたモリーは、その応援に首をかしげている。とうとう「ナンバー・ワン！」のまっ最中に、立ちあがって大声をあげる。「ナンバー・ツーじゃいけないのか？」

学生たちはあっけにとられて応援をやめる。モリーは腰をおろした、誇らしげに微笑を浮かべて。

「ナイトライン」のクルーが三回目、最後の収録にやってきた。今回は今までと全体の調子がちがう。インタヴューというより、悲しい別れだ。テッド・コッペルは事前に何回か電話してきて、モリーにきいていた。「何とかやれそうですか?」

モリーは、自信はないと言う。「このところ、いつもくたびれていてね。しょっちゅう息がつまるんだ。ものが言えなくなったら、代わりに言ってくれるかな?」

コッペルはもちろんと答える。そして、ふだんは感情を表に出さないこのアンカーマンがつづいてこう言ったものだ。「もしなさりたくないとお思いなら、結構ですよ。いずれにせよ、私はさよならを申し上げにまいります」

あとでモリーはいたずらっぽく笑って言った。「あっちの胸に届いているみたいだな」そのとおりだった。コッペルは今ではモリーのことを「友だち」と呼んでいる。老教授はテレビの業界からさえ共感を引き出していた。

インタヴューは金曜の午後に行われたが、モリーは前の日に着ていたシャツのままだった。このときはもう着替えは一日おきになっていて、その日は着替えない日にあたっていた。決まった習慣を変える必要はないというわけだ。

前の二度の顔合わせとちがって、今回はもっぱら書斎で行われた。モリーはそこで椅子に座りきりになっている。コッペルは、はじめてモリーに会ったときはキスすることもできたのだが、今回はカメラのレンズに収まるために、本棚の脇にむりやり体を押しこまなければならない。始める前にコッペルは病気の進行状況をたずねる。「どんな具合ですか？」モリーは力なく手を上げる。おなかのまん中あたり。そこまでしかいかないのだ。

それが答えだ。

カメラが回る。三度目、最後のインタヴュー。

「死が近づいて、だんだんこわくならないですか？」

「いや、そんなことはないね。ほんとうの話、こわさは減っているんだよ。外の世界のことは、もう思い切りがついてきて、新聞もそれほど読んでもらわなくなったし、郵便もあまり気にとめなくなったし、代わりに音楽を聞いたり、窓の外の木の葉が色づくのを眺めたりすることが多くなってきたかな」

ALSを患っている人がほかにもいることは、モリーも心得ている。有名人では、たとえば宇宙物理学の逸材スティーヴン・ホーキングがそうだ。彼はのどに穴を開けて生活している。コンピューター・シンセサイザーを使って話をし、目の動きをセンサーに感知させてタイプまで打つ。

これはこれですばらしいことだけれども、モリーが望むような生き方ではない。モリーはコッペルに、さよならを言うべき時はわかっていると語る。

「テッド、私にとって生きるっていうのは、相手の気持ちに反応できることなんだな。つまり、こっちの感情、気持ちを示せるっていうこと。その人たちに話しかける、その人たちとともに感ずる……それがなくなったら、モリーも終わり」

ふたりは友だちのように語り合った。コッペルは前回、前々回と同じように「尻拭きテスト」の件を持ち出した――おそらく、ユーモラスな返事を期待してのことだったろうが、モリーには笑う元気もなかった。首を振りながら話す。「便器に座ったときに、もう体をまっすぐにしていられないんだよ。しょっちゅうゆらゆらしているから、おさえていてもらわなきゃならない。用を足したら拭いてもらう。それだけ進んだってことだね」

静かに死にたいな、と言って最新作の警句を披露する。「はやばやとあきらめるな、いつまでもしがみつくな」

コッペルはつらそうにうなずいた。最初の番組から半年しかたっていないのに、モリー・シュワルツの姿は目にも明らかに崩れ果てている。モリーはテレビ視聴者の目の前でぼろぼろになった。まるで死の連続ドラマ。しかし彼の肉体が朽ちるにつれ、人格は一段と輝きを増す。

インタヴューの終わりにカメラはモリーをクローズアップし、コッペルは画面から消えて、声だけが外から聞こえてくる。大勢の視聴者に何か伝えたいことありませんか、ときいている。コッペルはそんなつもりはなかっただろうが、ぼくとしては、死刑囚が最後の言葉をきかれているような思いがしてならなかった。

「思いやりを持つこと。お互いに責任を持つこと。この教訓を学ぶだけでも、世界はずっとすてきな場所になるだろうね」

そこで一息入れて、十八番のマントラをつけ加える。「互いに愛せよ。さなくば死あるのみ」

インタヴューは終わった。が、どういうわけかカメラマンはカメラを回しつづけていて、最後のシーンが録画されていた。

「りっぱなものでしたよ」とコッペル。

モリーは弱々しくほほえみながら、「持っているもの全部出したよ」とささやく。

「いつもそうですね」

「テッド、この病気は私の精神になぐりかかってくるけれど、そこまでは届かない。肉体はやられても、精神はやられない」

コッペルは涙ぐんでいた。「りっぱでしたよ」

「そう思う?」モリーは目をくるりと天井へ向けた。「今、上においでの方と交渉しているところ。おたずねしてるんだ、『私は天使になれますか?』」

神に語りかけていることを認めたのは、これがはじめてだった。

第十二の火曜日——許しについて

「死ぬ前に自分を許せ。それから人を許せ」

「ナイトライン」のインタヴューから二、三日あとのこと。空はどんよりと雨もようで、モリーは毛布にくるまれていた。ぼくはモリーの椅子の端近くに座って、むきだしの足を手で持っている。たこができ、ちぢこまり、爪は黄色い。ぼくは手に持ったローションの小瓶から中身を出しては、モリーのくるぶしにすりこむ。

これも、ヘルパーたちが何か月もやっているのを見てきたもので、モリーの世話でできるものなら何でも手伝いたい一心から、自分もやらせてくれと申し出たのだった。病気のためモリーは足の指を動かすことすらできないのだが、痛みは相変わらず感じるので、マッサージをすればそれがやわらぐのだ。それに、言うまでもなく、モリーは抱えられたりさわられたりするのが好きだ。ここへきて、ぼくはモリーをしあわせにできることなら何でもやりたい気持ちだった。

「ミッチ」話題は許しにもどる。「いつまでも意地を張っていたり、恨んでいても、ろくなことはないよ」そしてため息をつく。「そういうもので、私はどれほど後悔していることか。自尊心。虚栄心。われわれはなぜ、こんなばかなことをやっているんだろう?」

許しの重要性というのが、ぼくの質問だった。

一家の長がいまわのきわに、仲たがいしていた息子を呼び寄せ、世を去る前に和解するというような映画を見たことがあります。先生も、死ぬ前に「すまなかった」と言っておきたいという気持ちに襲われることがありますか？

モリーはうなずいた。「あの彫刻、見たかい？」と言いながら、部屋の端にある高い棚の上にのせた胸像のほうに頭をかしげる。ぼくは今までちゃんと見たことはなかった。ブロンズの像で、四十代前半の男性、ネクタイをしめ、前髪が額に垂れている。

「あれは私だよ。もう三十年になるかな。友だちがつくってくれた。ノーマンていう男で、昔はずいぶんいっしょに時を過ごしたもんだ。水泳に行ったり、ニューヨークに出かけたり。あるときケンブリッジの家に呼んでくれてね。そこの地下室であの胸像をつくったのさ。何週間もかかったけれど、彼は本心からちゃんとしたものに仕上げたかったらしい」

仔細にその顔を眺めてみた。健康そのものの若々しい立体のモリーが、話をしているぼくらふたりを見おろしていると思うと、妙な気持ちになる。ブロンズながら、機知に富んだ表情が出ていて、この友だちというのは、心までいくらか表現するのだなと思われた。

「ところで、この話には悲しいつづきがあってね。ノーマンは奥さんとシカゴに引っ越した。その少しあと、家内のシャーロットが結構たいへんな手術を受けることになった。ところがノーマンも奥さんもさっぱり連絡してこない。手術のことは知っているんだよ。経過がどうだか電話できいてもこないから、シャーロットと私はひどく不愉快になってね。それで縁が切れてしまった。

その後、ノーマンとは二、三度顔を合わせることがあって、そのたびにノーマンは仲直りしようとするんだけれども、私は受けつけなかった。その弁解に満足できなかったんだよ。プライドが高かったんだな。相手にしなかった」

声がつまってきた。

「ミッチ……二、三年前……ノーマンは死んだ……癌で。悲しいよ。私は会いに行かなかった。許さなかった。今、それがどんなにつらいか……」

モリーは泣いていた。低く静かな泣き声。頭を後ろに傾けているので、涙が口に届く前に、顔の横を伝って流れ落ちる。

あ、すみません。

「謝ることはない。涙はいいんだ」

ぼくは生気のない足指にローションをすりこみつづける。モリーは、ひとり思い出にふけりながら、しばらく涙を流していた。が、ようやくささやくように口を開く。

「許さなければいけないのは、人のことだけじゃない。自分もなんだ」

自分?

「そう。やらなかったことすべてについて。やるべきなのにやらなかったことすべてについてね。そのことをいつまでもくよくよ悔やんでも始まらないんだ。今の私みたいになったら、そんなことしても何にもならない。

私はいつも、もっと仕事をやっていればよかったのに、と思っていた。もっと本を書いていれば、とか。そう思っちゃ自分を傷めつけていたものだよ。今では、そんなことやってもむだだったことがわかる。仲直りすること。自分と、それから周囲の人すべてと仲直りしなければいけない」

ぼくはかがんで、涙をティッシュでおさえた。モリーはパチパチと目を開いては閉じる。呼吸が耳に聞こえる。小さないびきのようだ。

「自分を許せ。人を許せ。待ってはいられないよ、ミッチ。誰もが私みたいに時間があるわけじゃない。私みたいにしあわせなわけじゃない」

ぼくはティッシュをくずかごに放りこんで、また足にもどる。しあわせだって？　親指を硬くなった筋肉に押しこむが、モリーにはそれが感じられもしない。

「対立物の引っ張り合い。おぼえているかな？　物事はそれぞれちがう方向に引っ張られるものだ」

おぼえていますよ。

「時間がだんだんなくなっていくのが悲しいけれど、いろいろなことをきちんと片づけるチャンスを与えられるのがありがたい」

ぼくらはしばらくの間黙って座っていた。雨がパタパタと窓を打つ。モリーの後ろのハイビスカスの鉢はまだ丈夫だ。小さいがしっかりしている。

「ミッチ」

はい。

ぼくはモリーの足指を指の間でころがす仕事に没頭する。

「こっちを見て」

上を向くと、モリーの真剣そのもののまなざしがあった。

「君がどうして私のところへもどってきたのか知らないがね。一つ言っておきたいことがあるんだ……」

ポーズをおく。つまるような声。

「もうひとり息子が持てるんなら、君がいいなあ」

ぼくは視線を下に落とした。死んだような足の筋肉を指の間でもみほぐす。しばらく不安な感じがした。モリーの言葉を受け入れるのは、実の父親に対する裏切りのように思ったのだ。しかし、目を上げると、涙とともにほほえんでいるモリーの顔があって、こんなときには裏切りなんてものはあり得ないことがわかった。

ただ一つ心配なのは、「さよなら」だった。

✤

「埋葬の場所、決めたよ」

どこですか？

「ここから遠くないところ。丘の上、木の下、池が見晴らせる。とても静かでね。考えごとするのにいい」

考えごとするつもりですか？

「そこで死んでいるつもり」

モリーはくすりと笑う。ぼくもくすり。

「会いに来てくれるかい？」

会いに？

「話しに来てくれるだけでいい。火曜日にしよう。いつも火曜日に来ていたから」

ぼくたち火曜人ですよね。

「そうだ。火曜人。じゃ、話しに来るね」

モリーは急に弱々しくなった。

「こっちを見て」

見ていますよ。

「私の墓に来てくれるね？　君の問題を話しに」

ぼくの問題？

「そう」

答えをくださるんですか？

「あげられるものはあげるさ。いつもそうだろう？」

ぼくはモリーの墓を思い描く。丘の上、池を見下ろす場所。三メートルたらずの小さな土地。そこにモリーを置いて、土をかけて、上に石をのせる。あと三週間ぐらい？　それとも三日？　ぼくはそこにひとりで座っている。膝の上に手を組み、宙を見つめて。

でも、いつもと同じじゃないですね、先生の話すのが聞けないんだから。

「ああ、話すねえ……」

モリーは目を閉じ、にっこり笑う。

「そうだ、こうしよう。私が死んだあとは、君が話すんだ。私が聞く」

第十三の火曜日――申し分のない一日

モリーは火葬を望んだ。シャーロットと相談の上、それが最善と判断したのだ。ブランダイスのラビ（ユダヤ教の聖職者）、アル・アクセルロッド――長年の友人で夫妻が葬儀の司式に選んだ人――が訪ねてきたとき、モリーは火葬の話をした。

「それでねえ、アル」

「なんだい？」

「焼きすぎないように気をつけてくれよ」

ラビは仰天した。しかしモリーは、もう自分の遺体について冗談を言えるようになっていたのだ。終わりに近づくにつれ、ますます体はただの殻、魂を入れる器と思われてきた。とにかく、無用の骨と皮になりさがってきているから、思い切るのもそれだけ簡単というわけだった。

「みんな死を見るもおそろしいものと思っているようだね」とモリーは、腰をおろしたぼくに語りかける。こちらは襟につけたマイクの位置を直そうと思うのだが、どうしてもひっくり返ってしまう。咳。モリーは今はもういつも咳をしている。

「この間読んだ本にあったんだけどねえ。病院で誰かが死ぬと、すぐに頭まですっぽりシーツをかけて、シュートまで運び、下へ落とすんだそうだ。一刻も早く自分たちの目の前から消したいらしい。まるで死が人にうつりでもするようなやり方だよ」

ぼくがマイクをいじるのをちらちら見ている。

「もちろん、うつるものじゃない。死ぬのは生きるのと同じく自然なこと。人間の約束ごとの一部だよ」

また咳きこむ。ぼくは後ろへ回って待つ。いつも何か重大なことが起こったときに備えて気持ちを引き締めている。モリーはこのところ夜の具合がひどく悪い。おそろしい夜。一眠りはほんの二、三時間で、激しい空咳の発作のため目がさめる。看護婦が寝室に駆けこみ、背中をたたいて有害物を出そうとこころみる。もとどおりいつもの呼吸ができるようになっても——「いつもの」とは酸素吸入器の助けを借りて、という意味——この咳との闘いのため翌日はまる一日疲労困憊《こんぱい》の状態になる。

今、酸素吸入の管が鼻につけられている。ぼくとしては見るのもいやだ。無力の象徴。引き抜きたくなる。

「昨日の晩ねえ……」

昨日の晩？

「……ひどい発作があって。何時間もつづいた。切り抜けられるかどうか、ほんとに自分でも怪しかった。息ができないんだから。ひっきりなしにのどがつまる。途中で、頭がぼうっとなってきた……すると、何か安らかな感じがした、もう行ってもいいやっていうような」

目を見開いて、つづける。「ミッチ。ほんとに信じられないような感じだったよ。起こっていることをそのまま、平和な気持ちで受け入れる、という感じ。そのとき、先週見た夢のことを考えていた。橋を渡りかけている。向こうはどこか知らないところなんだが、次が何でもかまわないから進もうという覚悟はできている」

でも、渡らなかったんですね。

モリーは少し間をおいて、かすかに首を振った。「そう、渡らなかった。だけど、渡れるという感じはした。わかるかな?

これはみんなが求めているものだろうね。死というものに何か安らぎがほしいんだ。最後には死とともにその安らぎが得られるということがわかれば、ようやくほんとうにむずかしい仕事ができるようになる」

何ですか、それは。

「生活に安らぎを見いだすこと」

後ろの出窓にあるハイビスカスをご覧、と言われてぼくは鉢を手にのせ、モリーの目の前に持ってきた。

「死ぬのは自然なこと」モリーはにっこり笑って、また話をつづける。「みんな死のことでこんなに大騒ぎするのは、自分を自然の一部とは思っていないからだよ。人間だから自然より上だと思っている」

　ハイビスカスに向かってほほえむ。

「そうじゃないよね。生まれるものはみんな死ぬんだ」今度はこちらに向く。

「そう思うだろう？」

　ええ。

「よろしい。さてそこで、あれっというような結論になるんだけど、われわれ人間は、こういったすばらしい植物や動物とは実はずいぶんちがうんだよ。

　人間は、お互いに愛し合えるかぎり、またその愛し合った気持ちをおぼえているかぎり、死んでもほんとうに行ってしまうことはない。つくり出した愛はすべてそのまま残っている。思い出はすべてそのまま残っている。死んでも生きつづけるんだ――この世にいる間にふれた人、育てた人すべての心の中に」

　声がかすれてきた。しばらく休止が必要なしるしだ。ぼくは鉢を出窓にもどし、テープレコーダーを止めた。その前に、モリーが最後に口にしたセンテンスはこれ。

「死で人生は終わる、つながりは終わらない」

　ＡＬＳの治療法に進展があった。実験的な薬が使用許可になりそうだった。治療ではなく、遅延、つまり何か月か進行の速度をゆるめるだけのものではある。モリーはそのことを聞いていたが、彼の場合、病気が進みすぎていたし、薬自体数か月たたないと出回らない。

「私にはだめだよ」とモリーは相手にしない。

病気の間、モリーはそのうちなおるだろうという希望をまったく持たなかった。現実的すぎるぐらいなのだ。誰か魔法の杖を振って、なおしてくれる人がいたら、またもとのような人間になろうと思いますか、と一度きいてみたことがある。

モリーは首を振った。「もとへもどることなんて絶対ない。今はちがう自分になっている。心構えもちがうし、体に対する認識もちがう。以前は体のことがよくわかっていなかった。大きな問題、究極の問題、いつまでも消えない問題に取り組もうとしている点でちがっている。それが大事なところでね。重要な問題はこれだと目をつけたら、もうそこから目を離すことはできないんだ」

で、重要な問題って何ですか？

「愛とか、責任とか、精神性とか、意識とかに関係のあることだろうな。今、もし健康でも、やっぱりこういうものが私の問題になると思う。いつもそうであるべきだったんだ」

健康なモリーを思い浮かべようとした。毛布をはねのけ、椅子から立ち上がり、ぼくとふたりして近所を散歩する、以前キャンパスを歩き回ったように。モリーが立っている姿を見てから十六年たっていることに、突然気がついた。十六年か？

先生、もし申し分なく健康な日が一日あったとしたら、何をなさいますか？

「二十四時間？」

ええ、二十四時間。

「そうだな……朝起きて、体操して、ロールパンと紅茶のおいしい朝食を食べて、水泳に行って、友だちをお昼に呼ぶ。一度に二、三人にして、みんなの家族のことや、問題を話し合いたいな。お互いどれほど大事な存在かを話すんだ。

それから木の繁った庭園に散歩に出かけるかな。その木の色や、鳥を眺め、もうずいぶん目にすることのできなかった自然を体の中に吸収する。

夜はみんなといっしょにレストランへ行こう。とびきりのパスタと、鴨と——私は鴨が好物でね。そのあとはダンスだ。そこにいるすてきなパートナー全員と、くたくたになるまで踊る。そしてうちへ帰って眠る。ぐっすりとね」

それだけですか？

「それだけ」

何と簡単なこと。何とありきたり。実を言うと少しがっかりした。イタリアにでも飛んでいくとか、大統領と食事をするとか、海岸をぶらつくとか、思いつくかぎりありとあらゆる風変わりなことをやってみるかと思っていた。ここ数か月、ねたきりで足も動かせなかったのに——こんなありきたりの一日がどうして申し分ないのか？

すぐにぼくは、ここにすべてのポイントがあることに気がついた。

その日別れる前に、モリーは、自分のほうから話題を持ち出してもいいかと言う。

「弟さんのことだけど」

ぼくはびくっとした。これがぼくの頭にひっかかっていることを、モリーはどうして知ったのだろう。何週間もスペインにいる弟に電話をかけているのだが、わかったのは——弟の友だちを通じてだが——アムステルダムにある病院へ飛行機で行き来しているということだった。

「ミッチ、愛する人といっしょにいられないのはつらいだろう。だけど、向こうの気持ちとも折り合いをつけないとね。弟さんは、君の生活の邪魔をしたくないのかもしれない。心配をかけたくないのかもしれない。私だって、知っている人すべてに、自分の生活をつづけろ、私が死ぬからってそれを犠牲にするなって言ってるもの」

だって、ぼくの弟ですよ。

「わかってる。だからつらいんだよね」

ピーターが八歳のときの姿を思い描く。縮れたブロンドの髪が汗でしっとりして、頭のてっぺんで玉になっている。うちの庭でレスリングをしたこと。ふたりのジーンズの膝に草の汁がしみこんでいた。鏡の前でマイクロフォン代わりにブラシを持って歌をうたっていた姿。それからいっしょに屋根裏に隠れ、夕食のときに両親がさがしに来るかどうかためした子ども時代。

それから、遠くへ流れていってしまったおとなの彼を思い描く。瘦せ衰え、薬物療法で顔に骨が浮き出ている。

どうして、ぼくに会いたくないんですかねえ？

老教授はふっと息を吐いた。

「人間関係に決まった処方はないよ。愛のあるやり方で調整しなければいけない。当事者両方に機会を与えてね。お互い何を望んでいるか、何を必要としているか、何ができるか、どんな生活かを考え合わせて。

ビジネスの世界では、勝つために交渉する。ほしいものを獲得するために交渉する。君はそれに慣れすぎているかもしれないよ。愛はちがう。愛は、自分のことと同じようにほかの人の立場を気にかけるものなんだ。

君は弟さんといっしょのすばらしい時を過ごした。それが今はなくなっている。またもどってきてほしい。あれっきりで終わってほしくない。だけどね、人間てそういうものなんだよ。終わり、新しく生まれ、終わり、新しく生まれのくり返しさ」

ぼくはモリーの顔を見た。まるで世界じゅうの死が集まっているようだった。自分の無力をつくづく感じる。

「弟さんのところへもどる道がそのうち見つかるよ」

どうしてわかります？

「私を見つけたじゃないか」モリーはにっこり笑った。

「この間おもしろい小ばなしを聞いてね」とモリーは言い出し、しばらく目を閉じている。ぼくは待ちかまえる。

「いいかい。実は、小さな波の話で、その波は海の中でぷかぷか上がったり下がったり、楽しい時を過ごしていた。気持ちのいい風、すがすがしい空気——ところがやがて、ほかの波たちが目の前で次々に岸に砕けるのに気がついた。

『わあ、たいへんだ。ぼくもああなるのか』

そこへもう一つの波がやってきた。最初の波が暗い顔をしているのを見て、『何がそんなに悲しいんだ?』とたずねる。

最初の波は答えた。『わかっちゃいないね。ぼくたち波はみんな砕けちゃうんだぜ! みんななんにもなくなる! ああ、おそろしい』

すると二番目の波がこう言った。『ばか、わかっちゃいないのはおまえだよ。おまえは波なんかじゃない。海の一部分なんだよ』」

ぼくは笑った。モリーはまた目を閉じる。

「海の一部分、海の一部分」息づかいが見える。吸って、吐いて、吸って、吐いて……。

第十四の火曜日――さよなら

冷え冷えと湿っぽい大気の中、モリーの家へと階段を昇る。今までたびたび訪れながら気にとめなかったものを、頭にしっかり取りこむ。少し斜面になった敷地。石の外壁。庭のフッキソウの低い植え込み。時間をかけてゆっくり歩く。濡れ落ち葉を踏みしだきながら。

前の日シャーロットから、モリーの「具合がよくない」という連絡があった。最後の日が来たことを告げるシャーロット流のやり方だ。モリーは約束を全部キャンセルし、ほとんどの時間眠っていた。これはふだんの彼らしくない。モリーはねようという気を起こさない。話をする人がいればなおのこと。

「モリーは、あなたに来てほしいらしいの。ただねえ、ミッチ……」

何ですか?

「とっても弱ってるの」

ポーチの階段。玄関ドアのガラス。こういったものを、はじめて見るように、ゆっくり、注意深く、心に刻みつけていく。肩にかけたバッグの重みはテープレコーダーのため。ジッパーを開けて、テープが入っているかどうか確かめる。なぜそんなことをしたか、自分でもわからない。

テープはいつも持っているのに。

ベルにこたえて出てきたコニーは、いつものはずむような様子にはほど遠く、やつれた表情で、挨拶の声も沈んでいる。

「モリーはいかがですか？」

「あまりよくないんですよ」コニーは下くちびるを噛む。「私、考えたくないの。あんなにやさしい方が、ねえそうでしょう？」

もちろん。

「ほんとに何てこと」

シャーロットがやってきて、ぼくを抱きしめる。もう十時なのに、モリーはまだ眠っていると言う。みなそろって台所に入る。ぼくはシャーロットの片づけものを手伝う。テーブルに並んだ薬瓶のかずかず。まるで白い帽子をかぶった茶色いプラスティックの兵隊だ。老教授は、呼吸を楽にするために、今はモルヒネをのんでいた。

ぼくは持ってきた食料品を冷蔵庫に収めた——スープ、野菜ケーキ、ツナサラダ。こんなもの持ってきてごめんなさい、とシャーロットに謝る。モリーが何か月もこの手の食べ物を噛めなくなっていることはみなわかっているのだが、もうしきたりになってしまった。誰かを失う時が迫ると、何かしきたりにしがみつこうとすることがよくあるものだ。

ぼくは、モリーとテッド・コッペルがはじめてインタヴューをした居間で待っていた。テーブルに置いてあった新聞をひろげる。ミネソタでふたりの子どもが、父親の銃をおもちゃにして撃ち合いをやった。ロサンジェルスの裏通りで、赤ん坊がごみ箱に捨てられているのが発見された。新聞を置いて、からっぽの暖炉をじっと見つめる。堅木の床に靴をこつこつ打ち鳴らす。やがてドアが開いて、また閉まる音が聞こえ、シャーロットの足音がこちらへ向かってくる。

「いいですよ。モリーがお待ちしています」と、おだやかな声。

ぼくは立ち上がって、いつもの場所へ向かったが、廊下の端の折りたたみ椅子に見なれぬ女性が、本に目を落とし、足を組んで座っている。ホスピスの看護婦だった。二十四時間警戒態勢だ。

書斎はがらんとしていて、おやっと思う。おずおずと寝室をうかがうと、モリーはそこにいた。ベッドに横たわり、シーツをかけられて。そういう姿は今までに一度しか見たことはなく——マッサージを受けているとき——例の警句が改めて頭の中に響き渡るのだった。「ねているときは死んでいる」

むりに微笑を浮かべて、中へ入る。モリーは黄色いパジャマ風の上衣を着て、胸から下には毛布がかけてある。体はちぢこまって、何かなくなっているのではないかと思われるほど。子どものように小さかった。

口は開き、皮膚は青白く、ほほ骨に張りついている。目をぎょろっとこちらへ向けて話そうとするが、低い呻き声にしか聞こえない。

来ましたよ。からっぽの引き出しから精一杯の元気をかき集めて、声をかける。

モリーは息を吐き、目を閉じ、にっこり笑うが、それだけの努力さえ疲れのもとになるように見える。

「ああ……愛する……友だち」やっと出てくる言葉。

そう、友だちですよ。

「あんまり……よくない……今日は」

明日はよくなりますよ。

モリーは、もう一つ息を押し出し、やっとのことでうなずく。シーツの下で何かと格闘しているような様子。手を外に出そうとしているのだとわかった。

「つかんで……」

ぼくはシーツを下に下げて、指をにぎりしめた。こちらの手のひらの中に入って見えなくなってしまう。顔から五、六センチのところまでかがみこむ。ひげを剃っていないのを見るのはこれがはじめてだった。うっすらと白いほほひげがこの場に似合わない感じで、まるで誰かがほほからあごにかけパラパラ塩をまいたようだった。体のどこもかしこも力が萎えているのに、どうしてひげには新しい生命が残っているのだろう。

モリー。静かに声をかける。

「コーチ、だよ」

ああ、コーチ。ぼくは体が震えた。短く、噴き出すような話し方。空気を吸いこみ、吐く息とともに言葉が出る。しゃがれた、か細い声。軟膏のにおい。

「君はいい子だ」

いい子。

「動かされたよ……」とささやきながら、ぼくの手を自分の心臓のあたりへ持っていく。「ここが」

ぼくはのどがつまった。

コーチ。

「ああ?」

さよならをどう言っていいかわかりません。

モリーは、ぼくの手を胸の上に置いたままそっとたたく。

「これが……私たちの……さよなら……」

静かな呼吸、吸って、吐いて。胸郭が上がっては下がる。と、こちらをまともに見つめる。

「愛している……君を」声がきしんだ。

僕も愛してます、コーチ。

「知っているよ、君がその……知っている……ほかのことも……」

何を知っているんですか?

「君は……いつも……」

目が小さくなって、嗚咽《おえつ》し始めた。涙腺《るいせん》の働きなど考えたこともない赤ん坊のように顔をゆがめて。ぼくは何分もその体をしっかり抱きしめる。たるんだ肌をさする。髪を撫でる。手のひらを顔に押しあてると、筋肉のすぐ下にほぼ骨を感じる。小さな涙の粒が、点滴器から押し出されるように、滴り落ちてぼくの手を濡らす。

呼吸がまた正常にもどりかけたときをみはからい、咳ばらいして言う。もうお疲れでしょう、また今度の火曜日に来ます、そのときは、きっともう少し元気になっていらっしゃいますよ、ありがとうございました。モリーはかすかに鼻を鳴らした。それが精一杯の笑い。しかし、悲しい響きに変わりはなかった。

テープレコーダーを入れたまま開けなかったバッグを手に取る。なぜこんなもの持ってきたんだろう。使わないことはわかっていたのに。かがんでしっかりキスする。顔を押しあてると、ひげとひげ、肌と肌がふれあう。いつもより長く、そのままの姿勢でいる——ほんのわずかな時間でもそれでモリーに喜びを与えられるなら。

じゃあ、いいですね？　体を引き離す。

ぼくは目をしばたたいて涙を押しもどす。その顔を見て、モリーは眉をぴくりと上げ、うれしそうにくちびるを鳴らす。大好きな先生にとって、これは、はかなくも満ち足りた一瞬だったのでは……。とうとうミッチも涙を出したな、と。

「じゃあな」

卒業

モリーは土曜日の朝亡くなった。

肉親は家にそろっていた。ロブも東京からもどってきて父親に別れのキスができたし、ジョンも、もちろんシャーロットもいあわせた。そしてシャーロットの従妹のマーシャ――例の「非公式」葬儀でモリーを「やさしいセコイア」にたとえた詩を詠んで感動させた人――も来ていた。みな交代でモリーのベッドのそばにねていた。ぼくの最後の訪問の二日後にモリーは昏睡状態に陥り、医者はいつ亡くなってもおかしくないと宣告したのだが、さらにつらい午後、暗い夜をきり抜けて、生きつづけた。

そしてとうとう、十一月四日、愛された人たちがほんのいっときそばを離れている間に――台所でコーヒーをいそいで飲むため。昏睡後に誰も付き添っていなかったのはこれがはじめて――モリーは呼吸を停止した。

こうして彼は逝《い》った。

モリーはわざとこんなふうにしたのではないかと思う。あの血も涙も凍るような瞬間、息を引きとるところを目撃して、それがいつまでも頭に残るような経験を誰にもさせたくなかったのではないか。自分が母の死亡通知電報を手にし、死体保管所で父のなきがらを見て味わったような経験を。

モリーは、自分のベッドにねていること、自分の本やノート、小さなハイビスカスの鉢がそばにあることを意識していたと思う。モリーは静かに逝くことを望んでいた。そしてそのとおり静かに逝った。

葬式はじめじめした風の強い朝に行われた。草は濡れ、空は乳色によどんでいた。地面に掘った穴を囲んで立つぼくらの耳には、すぐそばの池の水が岸に寄せる音が聞こえ、はばたくアヒルの姿が目にうつった。

出席を望む人が何百人もいたが、シャーロットは、わずかな親しい友人と親族にかぎった内輪な集まりにした。ラビのアクセルロッドがいくつかの詩を朗読し、弟のデイヴィッド――子どもの頃にかかったポリオのため、いまだに歩くのが不自由――が、しきたりどおり、シャベルで土をすくって墓穴に落とした。

途中、モリーの遺灰の壺が地中に下ろされるとき、ぼくは墓地の周辺に目をやった。モリーの言うとおりだ。木々と、草と、丘の斜面が美しい場所。

「君が話すんだ、私が聞く」と言ってたっけ。

頭の中で実際にやってみると、うれしいことに、その架空の会話はごく自然に進行する。ふと腕時計に目をやって、そのわけがわかった。

火曜日だった。

父は抜けて行った、
一本の木の一枚の新しい葉が出るごとに歌をうたいながら
(そして子どもはみな知っていた、春が父の歌を聞くときに踊ることを)……

——E・E・カミングズ(追悼式で、モリーの息子ロブが読んだ詩)

むすび

ときどきぼくは、老師を再発見する前の自分をふり返ってみる。その自分に話をしたい。何を求めるべきか、どういうまちがいを避けるべきか教えたい。もっと心を開くこと、マスメディアなどを通じて流される価値観にとらわれないこと、愛する人が話をしているときには、聞けるのはこれが最後のつもりで注意を払うことを教えたい。

いちばん言いたいのは、いずれではなくすぐにでも、飛行機に乗って、マサチューセッツ州ウェスト・ニュートンにいる老紳士に、その人が病気にかかって踊れなくなる前に、会いに行くことだ。

それがむりなのはわかっている。誰にもすんだことをもとにもどし、すでに記録された人生を生き直すことはできない。しかし、モリー・シュワルツ教授から教えられたことを一つあげるとすればこれである――人生に「手遅れ」というようなものはない。モリーは最後のさよならを言うまで変わりつづけた。

モリーの死後間もなく、スペインの弟と連絡がとれて、積もる話をした。遠く離れているのは一向にかまわないけれども、連絡だけは保っていたい――昔だけではなく、現在も――生きている間、許してくれるかぎりできるだけそうしていたい、というようなこと。

「だって、たったひとりの弟だもの。失いたくないよ。愛しているよ」

そんなこと、今まで弟に一度も言ったことがなかった。
二、三日してファックスが届いた。ほとんど句読点のない大文字ばかりのタイプ書きで、それが弟の癖なのだ。
「オレモ九〇年代ノ人間ナミニナッタ」で始まって、短い話を少し、今週何をしていたとか。そしてジョークを二つばかり。最後はこう結んである。


目下胸ヤケト下痢。人生ウンザリダ。マタ話ソウカ？

ヒリ尻《ケツ》ヨリ

笑いころげて涙が出た。

この本は主としてモリーの発案で、モリーはふたりの「最終論文」と称していた。うまくいったプロジェクトはたいていそうだが、おかげで互いに一段と強く結ばれるようになったし、いくつかの出版社から引き合いがあってモリーは喜んでいた（出版社と会う前に亡くなってしまったが）。その前払金がモリーの莫大な医療費の助けになったことは、ぼくらふたりともほんとうにありがたかった。

ところで、この本のタイトルは、ある日モリーの書斎で思いついた。モリーはネーミングが好きで、いくつかアイディアを持っていた。ところがぼくがTuesdays with Morrie（火曜日はモリーとともに）はどうでしょうと言うと、顔を赤らめんばかりににっこり笑ったので、これで決まりと思った。

モリーが亡くなったあと、大学時代の資料を入れた箱をひっくり返していたら、モリーの授業の一つで書いたリポートが出てきた。もう二十年も前のものだ。表紙にモリー宛てに鉛筆で走り書きしたぼくのコメント、その下にモリーの走り書きの返事がある。

ぼくの書き出しは「コーチ殿……」。

モリーのは「選手殿……」。

これを見るたびに、もう会えないのが悲しくなる。

あなた方は、ほんとうの先生を持ったことがあるだろうか？　あなた方のことを、粗削《あらけず》りだが貴重なもの、英知をもって磨けばみごとに輝く宝石になると見てくれた人を。さいわいそういう先生のもとへたどりつけた人は、きっとそこへもどる道を見つけられる。それは自分の頭の中だけのこともあり、その先生のベッド際のこともある。

わが老教授の最後の授業は、週に一度、その自宅で行われた。書斎の窓際で小さなハイビスカスがピンクの花を落としていた。授業は火曜日。本はいらない。テーマは人生の意味。経験をもとに語られる講義だった。
それは今でもつづいている。

訳者あとがき

もう五か月も前のことになるが、毎日新聞の週に一度の「時代の風」という欄に、曾野綾子さんの「なぜ『愛』を語れないのか」と題する論文が載った（平成十年三月十五日）。人権擁護推進審議会での経験をつづったものである。

私たちはその日も、その前の会合でも「人権」の確保、ないしは回復について語り合った。……「人権」は会議室の中に怒濤《どとう》のように流入し、あふれ返った。……しかし私たちは「人権」を語り続けたが、「愛」についてはそれこそその長い会議の間にただの一言も語らなかったのである。……

愛は、語れないものなのか。法の前では、愛のような「たわけた話」は取り上げる価値がないものなのか。そしてまた愛を避け、愛なしで、法律や規制だけで、「人権」や「平等」が達成できるものなのか。

まだあとが続くが、ぼくは感動してしまった。今の世の中にこういうことをはっきり口にする人がいることに、わが意を得て感動したのである。ぼくなら「愛」を語れる、などと大それたことを言える柄ではない。おそらく、曾野さんが予想されているとおり、会議の席で「愛」など口にしたら、いい年をして今さら何を幼稚なことを、と嘲笑されるのがいやで黙っていたに決まっている。

ミッチ・アルボムの『モリー先生との火曜日』を一気呵成に翻訳したのも同じ頃である。それにも感動してしまった。そのときは、今の世の中に、何のてらいもなく、淡々と、堂々と、確信をもって「愛」を存分に語れる人がいることに感動したのである。

モリーが死を目の前に見据えながら、ミッチやテッド・コッペルに語った胸に響く言葉のかず かず。それを一本につづる赤い糸は、まさに「愛」にほかならない。

人生は対立物の引っ張り合い。どちらが勝つか？ 「そりゃ愛さ、愛はいつも勝つ」多くの人は無意味な人生を抱えてあくせく動き回っている。「人生に意味を与える道は、人を愛すること、周囲のために尽くすこと」病気のおかげでいちばん教えられたことは？ 「愛をどうやって外に出すか、どうやって中に受け入れるかを学んだこと」人びとが新しいものをがつがつ買いたがるのは、「愛に飢えているから」。ほんとうの満足は「自分が人にあげられるものを提供すること」によって得られる。そして、二度三度と口から出るマントラ「互いに愛せよ。さなくば滅びあるのみ」。自分の痛み苦しみに加えて、なぜ人の悩みまで聞くのか、に対する答えは、「人に与えることで自分が元気になれる……こうしてあげたいと心の底から出てくることをやる。そうすれば不満をおぼえることはない。……逆に、こうしてもらいたいと心の中にもどってくるものには押しつぶされてしまう」。

人にしてもらいたいことを人になせ。自分のごとくに他人を愛せよ。キリスト教の黄金律である。曾野さんは先の論文で、愛に関するイエスの教え、パウロの手紙に言及されている。日本人はあまりご縁がないかもしれないが、欧米人は子どものときから耳にたこができるほど聞かされているにちがいない。愛が大切なことは頭ではわかっている。しかし、日常の生き方考え方には必ずしも出てこない。マザー・テレサを見れば、その話を聞けば、感動し、えらいものだと思う。しかしそれだけで終わってしまう。愛はもちろんこころから発するものである。そのこころというものすら信じられなくなっている。モリーのような授業は将来のキャリアに何の足しにもならないと、法律や経営の学生は軽蔑を隠さない。ミッチすら学生時代には、モリーの授業のみならず、およそspiritualなものを“touchy-feely”（「ふれあい感じあい」）とからかっていた。

いや、それを言うなら、日本人のほうがもっとひどかろう。ぼくは四半世紀前に『「あそび」の哲学』（講談社学術文庫）を書いた。「あそび」すら効率重視に陥っていることを嘆き、その根底にものの論理が働いていることを指摘した本である。戦後日本人は、ものを崇拝し信仰するようになった。代わりにこころを失ってしまった。人生の目的は一流大学を出て一流会社、官庁に入り、出世すること。歌をうたうのは芸能プロに認められ、レコードを吹きこみ、スターになるため。本を読み勉強するのは、論文を書き、業績をあげ、学会に認められ、教授になるため。すべてもの、もの、もの。こころの入る余地はほとんどなくなってしまった。多ければ多いほどよい。早ければ早いほどよい。効率が高ければ高いほどよい。その結果が当時問題となった環境汚染だった。

最近の世相でいえば、バブル、贈収賄、援助交際。みな驚きあきれるが、かえりみて援助交際が悪であると、正しく、何の後ろめたさも感ぜずに、その当事者に説ききかせられる人がいったいどれだけいるかと思う。彼女たちは、他人に迷惑をかけることなく、きわめて効率的にかねをかせいだのである。贈収賄の倫理観のなさに腹を立てる。しかし、それとて、いろいろ策を弄して子どもをエリートコースにのせようとする親と本質的な差はあまりないのではないか。倫理観の低下はその親当人にもあるだろう。すべて根っこは同じである。そういえば、「人権」にしたところで、現実にはものの尺度でしかはかられない。

モリーも言っている。「この国では一種の洗脳が行われている……物を持つのはいいことだ、かねは多いほうがいい。……何もかも多いほうがいい。……それをくり返し口にし……聞かされ……ほかの考えを持たなくなる」また、「みなまちがったものに価値をおいている。物質的なものを抱きしめて、向こうからもそうされたいと思う。……おかねを神様のように崇める。すべてこの文化の一環だ」。

モリーはキリスト教徒ではない。それでいてこのように「愛」を説き、こころの大切さを強調できるのは、いったいどこからきたのだろう。また曾野さんの記事に戻る。

> 愛を発生させるのは、人間の悲しさを知ることだ。そのような人間が作る仕組みのもろさと悲しさを骨身に染みて知ることである。

本書に記されたモリーの人生を、もう一度たどり直してみよう。父親はロシアの移民で軍隊に入るのを逃れてアメリカへ来たのだが、しょっちゅう職にあぶれて、一家はいつも福祉手当を受けていた。八歳で母親に死なれる。病院から届いた死亡通知の電報を、英語のわからない父に代わって受け取り、読み上げる羽目になる。九歳のとき弟がポリオにかかり、自責の念にかられる。地下鉄の階段下で雑誌を売り、家計の足しにする。父は夜外へ出て街灯をたよりに新聞を読むのが好きで、親子の対話はなく、おやすみのキスもしてもらえない。モリーの結婚後、父は夜、外で強盗に襲われ、逃げたが心臓発作で死ぬ。死体保管所で対面。大学卒業後、精神病院で働き、毎日、無視されて存在しないも同然の患者に接する。

モリーは、まさに人間の悲しみを骨身に染みて知ったにちがいない。そして今、昔の教え子を相手に、自分をあわれむこと毛ほどもなく、ひたすら人生を語り、こころの通い合い、愛を教える。つまりは、いかに死ぬかを本を通じ、テレビを通じて、人びとに示すためだった。人びとは愛の大切さを頭で知っていても、ふだんの生活にはあらわせない。同じように、死を免れないことを頭では理解しながら、あたかも死ぬことがないような生活を送っている——どこに価値があるのかわからないまま。「いかに死ぬかを学ぶことは、いかに生きるかを学ぶことだ」日本でも上智大学教授アルフォンス・デーケン師が先頭に立って「死の準備」教育を推進していらっしゃる。その「死生学」のモットーがまさにこの言葉である。

死を思う機会が持てないのはこの文化のせいだ、とモリーは断言する。「文化がろくな役に立たないんなら、そんなものいらないと言えるだけの強さを持たないといけない」そのとおり。しかし、みなマイノリティになるのがこわい。ひょっとしてひとりきりになるのでは、とおそれているのだ。携帯電話《ケータイ》で始終仲間の存在を確かめずにはいられない。

この本が読む者を引きつけて離さないのは、単なるモリーの記録ではなく、著者の人生が重ね合わせられているところにある。大学ではクラスの最年少でやくざっぽさを気取り、背伸びしていた彼。ミュージシャンになる夢破れ、おじの死で人生観が一変。スポーツライターになってがむしゃらに働きつづけ、名声も財産も得たけれども満たされず、人生に意味を見いだしかねていた彼が、旧師に再会して毎週教えを聞くようになり、次第に目ざめていく過程（その後のインタヴュー記事によると、ミッチは余分の仕事をすべてやめ、生活ががらりと変わったという）。日本のサラリーマン、企業戦士は読んで身につまされるのではなかろうか。

サラリーマンだけではない。すべての被介護者、すべての介護者に読んでいただきたい。すべての親、すべての子に読んでいただきたい。すべての教師、すべての学生、生徒に読んでいただきたい。思わず感動の涙を催す場面がいくつもある。モリーの言うとおり、涙は決して恥ずかしいものではない。考えさせられることがきっとある。力となり慰めとなり光となるところがきっとある。もちろんモリーと同じような死に方生き方は簡単にはできないだろう。日常的に愛を実践することはむずかしいだろう。しかし、spiritualなものを少しでも取りもどすことができれば……。毎日おまじないのように「愛」とか「こころ」とかを口にするだけでも、世の中ずいぶん変わってきそうな気がする。

最後に一つ、大事なこと。愛とは決してtouchy-feelyなヤワな「たわけた」ものではない。人がよく考えるようなパッと燃えては消える感傷的な、起伏の激しいものでない。「愛は唯一、理性的な行為である」とモリーはレヴァインの言葉を借りて言う。もう一度、曾野さんの文を引こう。

> 愛せない相手に対しても敵に対しても、理性によって愛しているのと同じように行動せよと命じる……それだけがむしろ本当の愛……という思想さえある。(傍点別宮)

平成十年盛夏

別宮貞徳

本書は、小社発行『モリー先生との火曜日』（一九九八年九月第一刷刊）を、
普及版として刊行したものです。

著者◎ミッチ・アルボム　Mitch Albom

フィラデルフィア出身。1970年代後半、ブランダイス大学の学生時代に、社会学教授のモリー・シュワルツと出会う。卒業後、プロミュージシャンを目指すが、挫折。コロンビア大学でジャーナリズムの修士号を取得し、デトロイト・フリープレス紙のスポーツコラムニストとして活躍。鋭い洞察と軽妙なタッチのコラムは高い評価を受け、AP通信によって全米No.1スポーツコラムニストに過去13回選ばれている。2003年9月に発表した初のフィクション『The Five People You Meet in Heaven』（邦訳『天国の五人』、NHK出版）は全米ベストセラー1位を獲得。現在、妻ジャニーンとミシガン州フランクリンに在住。

訳者◎別宮貞徳（べっく・さだのり）

翻訳家。元上智大学教授。
著書に『翻訳読本』『日本語のリズム』(講談社)など、訳書に『インテレクチュアルズ』(講談社)、『ヨーロッパ』『アメリカ人の歴史』(共同通信社)など多数。

編集協力◎神力由紀子/林由喜子/ロバート・シュワルツ

普及版
モリー先生との火曜日

2004(平成16)年11月20日　第1刷発行

著　者――ミッチ・アルボム
訳　者――別宮貞徳
発行者――松尾　武
発行所――日本放送出版協会
〒150-8081　東京都渋谷区宇田川町41-1
電話　(03)3780-3308(編集)
(03)3780-3339(販売)
ホームページ　http://www.nhk-book.co.jp
振替　00110-1-49701
印　刷――三秀舎／近代美術
製　本――笠原製本

乱丁・落丁本はお取り替えいたします。
定価はカバーに表示してあります。

ISBN4-14-081007-6 C0098　Printed in Japan

天国の五人

ミッチ・アルボム
小田島則子／小田島恒志 訳

83歳のエディは、遊園地のメンテナンス係。戦争で傷つき、妻にも先立たれた。「人生に意味なんかない…」。そんなある日、不慮の事故が彼を襲う。死んだ彼を天国で待っていたのは5人の人物だった。『モリー先生との火曜日』につづく全米ベストセラーの出版化‼